DU MÊME AUTEUR

Aux Éditions Gallimard

LE PROCÈS-VERBAL (Folio nº 353). Illustré par Baudoin (Futuropolis/Gallimard)

LA FIÈVRE (L'Imaginaire nº 253)

LE DÉLUGE (L'Imaginaire nº 309)

L'EXTASE MATÉRIELLE (Folio essais nº 212)

TERRA AMATA (L'Imaginaire nº 391)

LE LIVRE DES FUITES (L'Imaginaire nº 225)

LA GUERRE (L'Imaginaire nº 271)

LES GÉANTS (L'Imaginaire nº 362)

VOYAGES DE L'AUTRE CÔTÉ (L'Imaginaire nº 326)

LES PROPHÉTIES DU CHILAM BALAM

MONDO ET AUTRES HISTOIRES (Folio nº 1365, Folio plus nº 18, Folioplus classiques nº 67, PEUPLE DU CIEL suivi des BERGERS, Folio 2 € nº 3792)

L'INCONNU DE LA TERRE (L'Imaginaire nº 394)

DÉSERT (Folio nº 1670)

TROIS VILLES SAINTES

LA RONDE ET AUTRES FAITS DIVERS (Folio nº 2148, Écoutez lire)

RELATION DE MICHOACÁN

LE CHERCHEUR D'OR (Folio nº 2000)

VOYAGE À RODRIGUES, JOURNAL (Folio nº 2949)

LE RÊVE MEXICAIN OU LA PENSÉE INTERROMPUE (Folio essais nº 178)

PRINTEMPS ET AUTRES SAISONS (Folio nº 2264)

ONITSHA (Folio nº 2472)

ÉTOILE ERRANTE (Folio nº 2592)

PAWANA (La Bibliothèque Gallimard nº 112)

DIEGO ET FRIDA (Folio nº 2746)

LA QUARANTAINE (Folio nº 2974)

POISSON D'OR (Folio nº 3192)

Suite des œuvres de J. M. G. Le Clézio en fin de volume

AVERS

J.M.G. LE CLÉZIO

AVERS

Des nouvelles des indésirables

nrf

GALLIMARD

Il a été tiré de l'édition originale de cet ouvrage quatre-vingt-cinq exemplaires sur vélin rivoli des papeteries Arjowiggins numérotés de 1 *à* 85.

AVERS

Maureez Samson

Depuis toujours elle écoutait le bruit de la mer sur les brisants. À la baie Malgache, les vagues sont très proches, elles s'allongent sur les cailloux noirs si près l'une de l'autre que ça fait un seul fracas doux, sans respiration, un bruit de moteur. Comme le moteur de la pirogue de son père, elle s'en souvient maintenant, même si ça fait des années qu'elle ne l'entend plus. À l'avant de la pirogue Tomy Samson avait écrit le nom de sa fille en grosses lettres rouges, MAUREEN, et le dernier N avait coulé en formant quelque chose qui ressemblait à un Z. Alors il avait gardé ce nom pour sa fille, il trouvait ça bien plus joli. Et Maureen s'était appelée Maureez pour toujours. Maureez, ça faisait rire les enfants. Ki kot ? To été Moris bolom ? Mais ça n'était pas un sujet de honte, bien au contraire, elle se souvient qu'elle se redressait de toute sa petite taille, qu'elle les toisait. Mo papa finn allé pa'tout, pa'tout pays Moris ça la même. Et puis un jour il n'est pas revenu de la pêche.

Elle l'a attendu sur le rivage, dans le vent, jour après jour et même la nuit, jusqu'à ce que Lola lui dise : « Ça sifi comme ça, rentré, pas resté dihors ki espère ? » Elle refusait, mais il a bien fallu obéir, et se serrer dans le lit contre le mur, pour ne pas entendre Lola ronfler, comme s'il ne s'était rien passé, tout normal, tout correct quoi. Après, plus rien n'a été semblable. Lola est devenue méchante, elle a battu Maureez pour un oui pour un non. Elle s'est mise avec un autre homme, Zak, un bon à rien qui passait son temps à boire, vautré dans le vieux canapé sur la terrasse, à regarder la mer. Maureez n'a pas connu sa mère, elle est morte un peu après sa naissance, et Tomy Samson ne s'est pas remarié, mais il a choisi cette femme, Lola Paten, et Maureez l'a détestée dès qu'elle a su ce que haïr voulait dire, parce que Lola lui parlait durement, lui pinçait le bras, l'obligeait à laver tout le linge de la maison, même quand Maureez devait aller à l'école. Alors quand Tomy Samson n'est pas revenu de la pêche, la vie à la maison est devenue impossible. Lola s'absentait pour aller travailler dans un hôtel, au Port, et quand elle n'était pas là, Zak buvait sa bière, il regardait Maureez d'un drôle d'air, elle a compris très vite le danger, quand un après-midi il l'a attrapée par le bras et l'a tirée vers lui, en marmonnant des mots dégoûtants, des mots incompréhensibles. « Vini, nous faire un ti ballet, un ballet à quat'z'yeux ! » Comment on pouvait dire des choses comme ça à une enfant ? C'était quoi un ballet ? Maureez s'est dégagée, elle a couru dehors, elle s'est cachée dans les rochers. Le soir, quand Lola est rentrée, Maureez n'en a pas parlé, parce qu'elle savait que Zak dirait des saloperies, que c'était elle qui avait voulu le séduire, qu'elle s'était frottée à lui, qu'elle l'avait attiré vers le lit. Elle est allée se coucher sans souper, elle s'est recroquevillée dans son lit, la tête contre le mur, en écoutant Lola ronfler.

Après ça les choses sont devenues compliquées. Quand Lola partait le matin pour le travail, Maureez s'en allait aussi, avec son sac contenant les livres et les cahiers, comme si elle allait à l'école, mais elle prenait les chemins de traverse et elle battait la campagne. C'est à ce moment-là que Maureez a commencé à grossir, peut-être dans l'idée que Zak n'aurait plus envie de la toucher. Elle était obligée de couper les jambes de son jean et d'échancrer son tee-shirt, et même ainsi c'était trop petit et trop court. Les autres filles de l'école se moquaient d'elle, quand elles la croisaient elles lui criaient « Fatso » ou « Gros tas », et même si ça lui mettait la rage au cœur, elle ne répondait rien. Alors elle a décidé que l'école c'était fini pour elle. Elle ne l'a dit à personne, elle a pris cette décision toute seule. Elle se levait tôt le matin, elle lavait son linge dans le bac en zinc, elle mettait un peu de riz et de brèdes dans un tissu, au fond du cartable, comme si elle allait à l'école au bourg. Mais elle tournait le dos dès que Lola avait disparu et elle commençait sa course à travers les broussailles, sur les hauteurs, loin de la ville.

Ce sont les pierres que Maureez connaissait. Elle connaissait chaque roche de la baie Malgache, chaque galet, chaque couleur, chaque qualité, les noirs, les blanc pâle, les striés de raies rouges, les mouchetés, les gris-bleu, les vert sombre, toutes les formes de roches, les rondes qui roulent comme des boules, les pointues, celles qui sont creusées de trous rouillés. Avec Tomy, depuis qu'elle était toute petite, elle marchait le matin sur la plage de la baie, à la recherche des bonnes pierres.

Quand elle les soulevait, elle voyait tous les petits animaux qui fuient, des crabes transparents, des scolopendres, et aussi de petits insectes noirs qui plongent dans les flaques. Pour son père elle choisissait une belle pierre lourde, lisse, bien ronde, qui allait servir de poids pour les filets. Maureez aimait l'odeur de la mer, c'est fort, acide, ça fait tousser, mais c'est une odeur familière, qui rassure. Le tonnerre de la houle sur la barrière, au loin, vibrait jusque sur la plage. Parfois, la pluie se mettait à tomber tout d'un coup, venue de nulle part, une pluie froide qui pique le visage et les jambes, mais elle n'avait pas besoin de s'abriter, elle restait à côté de son père, elle regardait l'eau qui coulait sur son visage, le long de ses rides comme des ravins, qui s'accrochait à ses cheveux. C'est à cause de la pluie que Maureez a vu la première fois qu'il avait des cheveux blancs, des fils d'argent qui brillaient dans sa toison crépue. Tomy n'était pas vieux, mais déjà il avait ces fils d'argent, et quand elle le lui a dit, ça l'a fait rire. Il a dit, elle s'en souvenait bien, « Blanc fin 'sorti mo sivi », les Blancs sont sortis par mes cheveux ! Elle, Maureez, a les mêmes cheveux que lui, une tignasse frisée serré qui s'ébouriffe sur sa tête, elle a beau essayer, pas moyen de la dompter. À l'école, la maîtresse lui a dit, Ce n'est pas joli, il faut que tu fasses des tresses. Mais son père n'a pas voulu, il a énoncé sa loi, dans la famille Samson on n'est pas des Blancs, on est des Mozambiques, pas besoin de cacher ses cheveux, pas besoin de tresses !

Mozambique, Maureez n'a pas compris, mais ça lui a plu. Quand elle allait sur la plage, ou dans la montagne, le vent bousculait ses cheveux et fouettait son visage, la pluie coulait dans ses yeux. Elle était fière de son père, elle n'avait besoin de personne, et pour ça Lola Paten la détestait plus encore. Elle était jalouse. Depuis que Maureez était toute petite, chaque jour Tomy la prenait dans sa pirogue, le soir après la pêche, ou le dimanche matin, la belle pirogue blanche où il avait écrit au pinceau à la peinture rouge le nom de sa fille, et ils allaient jusqu'au bout du lagon, vers les îlots.

C'étaient des moments de grâce, par la suite Maureez se souviendra de chacune de ces sorties, c'était doux et violent comme une lumière qui éblouit, c'était long et lent, le bruit du moteur, et le roulement des vagues à l'approche des récifs, puis, au large, quand Tomy hissait la vergue oblique, les claquements du vent dans la voile, le glissement soyeux du sillage, les cris des oiseaux.

Ils sont si nombreux sur l'île aux Fous, cela faisait un roulement de milliers de billes de fer, un grondement de milliers de gorges, et les clameurs des nouveau-nés dans les roches noires et les longues plaintes des albatros voleurs de poussins. Maureez se glissait jusqu'à la proue, elle s'asseyait sur la perche posée sur les bordés, le vent faisait pleurer ses yeux, l'eau salée imprégnait ses cheveux et ses vêtements, le soleil brûlait ses mains et le dessus de ses pieds. L'eau était profonde, d'un bleu presque noir, le ciel pâlissait vers le crépuscule. En fermant les yeux elle imaginait que la pirogue était partie pour de bon, les emportant tous les deux vers l'autre côté de la mer, loin de tout, loin de la maison, loin des jérémiades de Lola, la pirogue les conduisait dans une île magnifique où ils vivraient tous les deux pour toujours, une île pleine de parfums et de couleurs, où il n'y aurait rien d'autre que le bonheur, le sommeil, les rêves.

C'est à cette époque que Maureez a inventé son amie Bella, pour avoir quelqu'un à qui parler, puisque son père était parti, et que personne ne s'intéressait à elle. Puisque les filles de l'école lui jetaient des noyaux quand elles la voyaient, lui criaient des mots mauvais. Quand elle allait dans la montagne, du côté de la Ferme, au-dessus de la baie Malgache, elle cherchait un coin pour s'abriter du vent et quelquefois de la pluie. Elle se lovait dans un creux de rocher, la tête appuyée sur son sac d'écolière, et elle attendait que Bella vienne. Au début, elle ne la voyait pas bien, c'était juste une présence, comme une onde de chaleur qui emplissait son ventre et ses poumons, elle fermait les yeux, et sur le fond rouge de ses rétines, elle voyait apparaître une silhouette lumineuse, blanche et semée de points d'or, et c'était une forme en mouvement, comme un reflet dans l'eau, comme un nuage dans le ciel. Ensuite, quand elle s'est habituée, elle a vu que cette forme n'avait pas de visage, mais seulement des yeux, de grands yeux grands ouverts, et c'était au fond de ces yeux que brillaient les parcelles d'or. C'était un regard très doux et très intense, Maureez sentait un frisson sur sa peau, comme si avec le regard un souffle passait sur elle, redressait tous les petits poils sur ses bras, sur ses épaules, sur ses jambes. Peu à peu elle a accepté ce regard, cette silhouette, elle lui a donné un nom, le nom de Bella, parce que c'était un être d'une merveilleuse beauté, et qu'elle était seule à voir, un être qui venait d'ailleurs, de l'autre bout de la terre, pour lui apporter son aide. Elle a commencé à lui parler, chaque fois, à voix basse, ou même sans bruit, comme on parle à une amie, pour lui raconter sa vie, pour se souvenir de son père, de la pirogue, du temps où tout était facile. Bella ne répondait pas vraiment, mais Maureez entendait ses réponses, elle entendait les mots qu'elle espérait, les mots qui lui donnaient du courage, des mots d'amour, des mots pour elle toute seule. C'était pareil à une chanson, une chanson qu'on chante du fond de la gorge, une chanson qui tourne et recommence, un murmure de la mer au loin, du vent dans les buissons d'épines, dans les branches des filaos, un bruissement de gouttes de pluie sur son corps et son visage, elle revenait en arrière, sur la pirogue de Tomy, glissant sur l'eau transparente du lagon, prête à braver la vague du canal, jusqu'à la haute mer sombre. C'est Bella qui la guidait à travers les jardins qu'il y a sous la mer, ce qu'elle voyait autrefois quand elle nageait avec son père le long du récif, les plages blanches, les forêts de corail jaune et rouge, et les milliers de poissons qui volaient d'une île à l'autre. « Attends-moi, Bella, je ne peux pas te suivre, tu nages vite ! » Pour parler à Bella, Maureez a même inventé un langage, rien qui ressemble au français ou au créole, une langue rapide où il y a beaucoup de sons en *ou* et en *a*, beaucoup de *l*, de *z* et de *w*, mais pas de *k* ni de *p*, ni de *j*, parce que ça pourrait effrayer Bella, si elle est comme les oiseaux ou comme les chats, il faut que ça glisse et que ça résonne, que ça chante, que ça calme. Pour dire

« ne parle pas » on dit « *yawaloulouli* », pour dire « viens me voir » on dit « *hilawalouawa* », pour dire « au revoir, à demain », « *mawawoumawa* ». Quelquefois, quand elle était au bord de la mer à la baie Malgache, elle se cachait derrière les gros rochers et elle parlait à son père dans cette langue, elle soufflait les sons dans le vent pour qu'ils traversent l'horizon et le cherchent là où il est, sur son île lointaine, ou peut-être même en Afrique au pays des Mozambiques.

Mais la réalité a rattrapé Maureez Samson, un jour qu'elle revenait de la montagne, Lola Paten l'attendait devant la maison, elle a commencé par lui donner une gifle. Elle criait, sa voix s'éraillait, et c'était plutôt ridicule qu'effrayant. Elle répétait « Kot to été ? Tu vas où ? tu vas où ? » Elle a pris un bâton, et à voir la lueur mauvaise dans ses yeux, c'était sûr qu'elle comptait s'en servir. Maureez s'est mise à l'abri derrière le muret de la cour, elle ne répondait pas, mais elle regardait Lola avec des yeux pleins de haine, comme si ça suffisait pour que Lola ne recommence pas, ne s'approche pas. Dans la maison, dans un coin, Zak était debout, il a eu envie un instant de crier lui aussi sur Maureez, mais il a dû lire dans son regard qu'elle ne le laisserait pas faire, qu'elle parlerait de ce qu'il lui avait fait, quand il l'avait serrée contre lui, en passant ses mains sous son tee-shirt, et qu'il avait essayé de l'embrasser. Maureez sentait son cœur battre très fort dans sa poitrine, elle avait un vertige dans ses yeux, parce que c'était maintenant que tout se décidait, elle ne pourrait plus revenir dans la maison, même si c'était la maison de son père et de sa mère, pas celle de Lola Paten et de son Zak, mais la maison où elle était née, où elle avait grandi avec Tomy, et qu'elle ne reverrait jamais. C'est le vertige qui l'a décidée. Elle a tourné les talons et elle s'est mise à marcher sur le sentier qui va vers la ville, et petit à petit les cris de Lola s'amenuisaient, s'effaçaient. En se retournant, en haut de la côte, elle n'a plus vu la maison ni personne. Seulement un chien qui aboyait quelque part dans le champ d'oignons et de patates douces. Elle a marmonné : « *Wallalowa !* », ce qui voulait dire : « Va-t'en et ne reviens pas ! »

Les jours qui ont suivi, Maureez a vécu comme un animal sauvage dans la montagne. Elle s'est installée dans une sorte de grotte au-dessus de la mer, avec du goémon pour faire un lit, et elle a bouché l'entrée de la grotte avec des branches sèches, pour ne pas être vue, mais aussi pour se protéger du vent et des embruns. Au début, elle avait un peu peur, à cause des bruits de la nuit, les craquements des pierres qui se refroidissaient, le souffle du vent dans les buissons, les cris des oiseaux de mer réveillés par les rats. Mais elle parlait à Bella, et sa peur s'effaçait, elle entendait même la voix de la créature qui lui répondait dans son langage, c'était très doux et chantant, une voix d'ange. Pour vaincre sa peur, elle a commencé à chanter, en suivant la voix de Bella, juste des sons sans suite, des chants rythmés avec sa main sur sa poitrine, dans sa langue à elle, avec beaucoup de voyelles et les murmures d'arrière-gorge, des *hmmm, hmmm, hoooo, houimmm*... Quand elle ressentait la faim, Maureez se faufilait vers les habitations, du côté de la Ferme. Dans les champs, elle trouvait des patates, des oignons, et du côté des maisons, des mangues et des jacques, elle attendait la tombée de la nuit pour prendre les fruits et les légumes. Les chiens aboyaient quand elle s'approchait, mais Maureez connaissait les mots qui les apprivoisent et les font dormir. Elle chuchotait très doucement les mots en *chch*, en *ttt*, les chiens couchaient leurs oreilles en arrière et s'asseyaient en gémissant. Elle continuait en leur parlant, elle entrait dans la maison, et en partant elle leur laissait toujours quelque chose pour les remercier. Elle est allée de plus en plus loin, du côté de la ville, pour trouver du pain ou des gâteaux, elle restait un long moment cachée dans les broussailles, et quand elle voyait que la cuisine était vide, elle marchait sans se presser, comme si elle connaissait les habitants, elle écartait le rideau de *gonny* qui bouchait la porte et elle mettait dans son tee-shirt les morceaux de pain et les gâteaux. Plusieurs fois, elle a manqué se faire prendre, au moment où elle sortait, elle a appris à courir vite au milieu de la broussaille, entre les rochers, personne ne pouvait la rattraper. C'était une drôle de vie, elle n'avait pas le temps d'y penser, mais de temps en temps elle ressentait ce vertige, comme le jour où elle avait décidé de s'enfuir loin de Lola et de Zak, de la maison maudite. Ou bien, quand elle était dans sa grotte, à l'abri derrière le rideau de cannes, tout d'un coup elle éclatait de rire sans raison, juste un rire qui la secouait et mettait des larmes dans ses yeux, elle ne savait même pas pourquoi, mais c'était bon de rire.

C'est Mahmoody qui l'a remarquée. Sur le môle, il surveillait le déchargement des bateaux, comme chaque matin. Il a vu, cachée à l'ombre de l'auvent, une forme qu'il a prise d'abord pour un tas de vieux linges et de filets. En s'approchant il a découvert une petite fille au visage sombre, qui le regardait avec de grands yeux effrayés.

« Qu'est-ce que tu fais là ? » Il lui a parlé doucement. Mahmoody était un vieil homme à l'air très doux, un peu chauve sur le dessus de la tête. Mais d'avoir travaillé toute sa vie dans les bateaux avait endurci son corps et ses mains. Comme Maureez ne répondait pas, il lui a parlé à nouveau, en créole : « Ki ti fer la ? »

Le vent de la mer était froid, Mahmoody a remarqué que la fille avait les vêtements mouillés, et qu'elle grelottait. Il a pensé qu'elle avait passé la nuit sur le môle, recroquevillée contre un poteau, à moitié cachée dans les vieilles bâches et les cordages. Il ne se souvenait pas de l'avoir déjà vue. Il a dit :

« Comment tu t'appelles, enfant ? »

« Maureez » a dit Maureez.

« Maureez comment ? »

« Maureez Samson. »

Le nom lui a tout de suite paru familier.

« Samson, tu es de la famille de Tomy, le pêcheur qui s'est perdu en mer ? »

Maureez n'a pas répondu tout de suite.

« Tu es sa tifille, c'est ça ? »

Mahmoody n'avait pas connu le pêcheur, mais il avait lu dans les journaux l'histoire de sa disparition, il se souvenait qu'on avait parlé de sa famille, sa femme et ses enfants, qu'on avait même organisé une collecte pour leur venir en aide. Ensuite tout le monde avait oublié. Les pêcheurs perdus en mer, il y en avait souvent, leur hors-bord tombait en panne et le vent les entraînait vers le large, on ne les revoyait jamais.

« Tomy Samson, c'est mon père. » Maureez parlait à voix basse, un peu rauque, Mahmoody a compris qu'elle n'avait pas seulement froid et faim, qu'elle avait peur aussi. Quand il s'est approché, l'enfant s'est recroquevillée dans sa cachette, les mains jointes autour de ses jambes, le visage mangé par sa chevelure.

Elle a dit son « *Wallalowa !* » en criant, comme si le vieil homme pouvait comprendre. Il la regardait, sans oser approcher, les bras un peu écartés de son corps. Il était maigre, le vent de la mer faisait flotter son pantalon sur ses jambes. Dans l'obscurité de l'auvent, ses yeux brillaient sur son visage sombre, mais elle a compris que c'était une lumière plutôt douce.

« Dans quelle langue tu parles, enfant ? » a dit Mahmoody. Elle ne bougeait pas.

« Je suis un pêcheur comme ton papa » a dit Mahmoody. « Si tu veux, tu peux habiter chez moi, je suis juste là, sur le port. »

Des gens sont arrivés, des badauds, des gens qui n'avaient rien d'autre à faire que regarder cette scène.

« Tu n'as pas d'endroit où aller ? » a demandé Mahmoody.

La fille a secoué la tête. Sa tignasse en bataille tombait sur ses yeux, elle l'a relevée d'un geste impatient. Elle ne voulait pas perdre de vue la silhouette du vieil homme, elle surveillait chacun de ses gestes.

Quand Mahmoody a commencé à marcher, Maureez s'est levée, et elle l'a suivi à petits pas, parce que, à cause de la faim et de la fatigue, elle avait du mal à avancer. La maison de Mahmoody était juste à côté du môle, une vieille maison en planches avec un toit de tôle. C'était sombre, ça sentait le poisson, le moisi, la fumée. Mais quand Mahmoody a servi le riz dans un bol, Maureez a mangé voracement, sans se servir de la cuiller, avec les doigts. Elle n'avait rien mangé d'aussi bon depuis longtemps.

Mahmoody est resté en retrait dans la pénombre, à regarder Maureez s'empiffrer. Quand elle a eu fini, il a tiré un matelas dans un coin de la pièce, le plus loin possible de la porte.

« C'est le lit de ma tifille, quand elle habitait avec moi. Ça sera ton lit maintenant. »

Maureez s'est couchée sur le matelas, elle s'est endormie tout de suite, comme quelqu'un qui a passé des jours et des jours à la dure. Mahmoody est reparti sur la pointe des pieds pour finir le travail sur le môle. Il n'a parlé de Maureez à personne. Si on lui demandait, il dirait que Maureez était sa petite-nièce, venue de loin pour le voir. Mais personne ne lui a rien demandé. Les choses vont et viennent, les gens apparaissent et disparaissent, comme le pêcheur qui s'était perdu en mer, et personne n'y peut rien, voilà tout.

Baladirou

Le refuge du Cœur saint de Marie est une jolie bâtisse blanche accrochée au haut de la falaise, entourée d'un petit jardin abrité du vent d'est, et flanquée d'une chapelle moderne éclairée par deux hautes fenêtres. Maureez est arrivée là au début de l'été, après les pluies. Mahmoody aurait préféré la garder chez lui, il s'était habitué à la présence de cette fille silencieuse, repliée sur elle-même, qui ne parlait pas beaucoup et mangeait comme quatre.

Mais un jour, quand il rentrait chez lui, Mahmoody a vu devant sa porte un couple qu'il ne connaissait pas, une femme habillée d'un manteau en similicuir rouge accompagnée d'un homme d'une quarantaine d'années, l'air sournois, qui se tenait un peu en retrait. La femme a parlé fort, elle a réclamé sa fille, comme si Mahmoody l'avait enlevée et la gardait en otage dans sa cuisine.

Elle gesticulait, des passants commençaient à s'attrouper. C'est alors qu'il s'est produit quelque chose d'incroyable, à quoi Mahmoody ne s'attendait pas. De la cuisine obscure, Maureez est sortie, vêtue de son pantalon rogné aux chevilles et de son tee-shirt échancré. Elle a marché dans la direction de la femme, les poings serrés, les cheveux hirsutes, et ses yeux jetaient des éclairs. Elle a dit, une seule fois, de sa voix basse et rauque : « Lola Paten, va-t'en ! » La femme a reculé, la moitié du corps tournée vers l'arrière, prête à s'enfuir. L'instant d'après, elle est partie, entraînant l'homme avec elle, en proférant des menaces, et Maureez n'a rien ajouté, elle semblait l'ange exterminateur, c'est ce qu'a imaginé plus tard Mahmoody, elle avait toute la force de la justice du ciel dans sa voix. Après l'incident, Mahmoody a décidé d'emmener Maureez dans un endroit où elle serait en sécurité, loin de ses tortionnaires.

C'est comme cela que Maureez Samson est arrivée à Baladirou.

Quand elle est entrée dans la grande salle du réfectoire, Maureez a vu les sœurs. Elles étaient debout, en rang, comme pour recevoir un hôte de marque, c'est ce qu'a pensé Mahmoody qui se tenait en retrait derrière Maureez. La jeune fille n'a pas pensé cela, elle était trop intimidée pour penser à rien. Elle était là, vêtue de ses habits rafistolés, à peine peignée, les bras ballants de chaque côté de son gros corps, sans rien pouvoir dire. Mahmoody a dit son nom, une seule fois, et puis il est parti à reculons, il a quitté la salle.

Les sœurs se sont approchées, certaines étaient souriantes, d'autres regardaient Maureez avec curiosité. Elles étaient au courant de l'histoire. Elles avaient entendu les mots terribles, l'inceste, les coups, la méchanceté de la marâtre et l'ivrognerie de son compère. Elles savaient que c'était un cas. Elles n'avaient fait aucun autre commentaire que : « Elle peut venir chez nous, nous nous occuperons bien d'elle. » Il n'y avait pas besoin de mots de bienvenue. La sœur la plus âgée s'est approchée, elle a pris la main de Maureez. « Mon nom c'est Saint-Jean-de-la-Lumière. » Elle a prononcé le nom de chacune : « Simone, Jean-Paul, Laurent, Pétronille. » Elle a dit : « Tu ne nous dis pas Madame, quand tu nous parles, tu dis Ma sœur. Tu comprends ? » Elles étaient vêtues de longues robes bleu ciel, la tête coiffée d'un voile blanc. Elles étaient toutes jolies, même sœur Simone avec son gros nez. Sœur Saint-Jean-de-la-Lumière a pris Maureez par la main et elles l'ont accompagnée vers une autre pièce, plus grande, éclairée par de hautes fenêtres. Dehors on voyait des palmes bouger dans le vent. Au bout de la pièce, un piano droit ancien. Dans la salle, les autres filles avaient à peu près l'âge de Maureez, elles étaient habillées de vêtements propres, des robes longues, ou des pantalons et des tee-shirts blancs. Elles étaient chaussées de tongs. Il y avait des filles très noires de peau, d'autres presque blanches, une d'elles était plutôt rouge avec des cheveux teints en blond. La sœur Saint-Jean n'a pas fait de présentations. Elle a dit seulement : « C'est la classe de musique, tu vas chanter avec nous. » Elle a ajouté : « Si tu ne sais pas les paroles, tu n'as qu'à faire *hmm-hmm*, tu apprendras ensuite. » Puis les sœurs sont parties, sauf Pétronille qui a conduit Maureez au milieu des filles. Elles se sont écartées pour lui laisser une place, et tout de suite la musique a commencé.

Maureez n'a pas participé, elle n'a pas fait le *hmm-hmm* que demandait sœur Saint-Jean. Au contraire, elle s'est figée, le regard ailleurs, les bras serrés sur son ventre, elle a attendu que les chants soient finis. Quand la sœur a demandé : « Et toi, Maureez Samson, tu connais chanter ? » Maureez l'a regardée avec défi, elle a commencé son chant sans queue ni tête, ses « *Wallalowa* » et tous les bruits qu'elle savait faire avec sa gorge, les *chcht*, les *kkkh*, *warra*, *willooo* jusqu'à ce que la classe éclate de rire. Ce soir-là, après le repas, vers cinq heures, la bagarre a commencé. C'est une des grandes qui a attrapé Maureez par les cheveux, pour lui faire baisser la tête : « Dis que t'es une pitain. » Elle répétait ça avec hargne. D'autres sont venues par-derrière, se sont accrochées à Maureez pour la faire tomber. Maureez au début serrait les dents, même si la douleur lui mettait des larmes dans les yeux. Mais elle s'est souvenue de Lola Paten et de Zak, et la colère l'a prise. Elle a donné des coups de genou, elle a mis ses mains sur la gorge de la grande pour l'étrangler. Les sœurs sont arrivées à la rescousse. C'est surtout la sœur Simone qui est intervenue. Sœur Simone était grande et forte, elle avait des mains calleuses d'homme. Elle a distribué généreusement les claques, et tout est rentré dans l'ordre. Maureez a été punie : elle a été enfermée dans un réduit, avec une couverture et un seau pour faire ses besoins.

Le matin, à l'heure des prières, sœur Saint-Jean-de-la-Lumière a essayé d'ouvrir la porte du réduit, mais quelque chose la bloquait. Avec sœur Simone, elles ont poussé la porte, elles ont constaté que Maureez avait utilisé le balai pour bloquer la poignée. Au bout du réduit, contre le mur, Maureez était couchée, recroquevillée, la couverture sur sa tête. Elle ne dormait pas, en écartant un pan de la couverture, sœur Simone a vu les yeux de Maureez, grands ouverts, pleins d'effroi et de colère. Elle s'est souvenue de ce regard, quand elle était enfant, et que le bateau des miliciens était venu aux Chagos pour emmener la population, et que son chien était resté sur la plage.

Les jours qui ont suivi, les sœurs ont installé Maureez dans le dortoir avec les autres filles. C'était une pièce toute en longueur, avec des lits superposés. Pour Maureez elles avaient prévu le lit le plus près de la porte, pour le cas où les filles l'attaqueraient de nouveau. Rien ne s'est passé. La grande fille, qui s'appelait Rhonda, avait dû comprendre la leçon, elle restait à distance. Elle se contentait de marmonner ses injures, ses vagues menaces, mais Maureez n'écoutait pas, grâce à Lola elle était endurcie. Pourtant, chaque soir, Maureez descendait de son lit, tirait son matelas au bout de la pièce, le plus loin possible des filles. Les premiers soirs elle essayait même de bloquer la porte avec une chaise, mais elle a fini par s'habituer. Quelque temps plus tard, Mahmoody est venu la voir. C'était dans la matinée, pendant que les filles étaient occupées à préparer le repas à la cuisine, pelant des patates et faisant cuire des légumes. Mahmoody est resté sur le pas de la porte, la sœur Saint-Jean lui parlait, et il n'écoutait pas, il regardait au loin la silhouette de Maureez, elle se fondait déjà dans le groupe des filles, la tête basse, les cheveux tirés par des barrettes, elle n'avait plus le tee-shirt troué et le jean raboté qu'il connaissait, elle était habillée d'une sorte de tablier gris, pieds nus dans les tongs, l'air d'une orpheline, comme les autres.

Les jours ont passé, Maureez s'est faite à la routine du couvent. Ce qui lui manquait, c'était d'être dehors, dans la nature, d'aller à la mer. Une fois la semaine, les sœurs emmenaient les filles à l'église. On allait à pied par la route de la montagne jusqu'au carrefour Saint-Gabriel, tout le long de la route Maureez regardait les pierres, les massifs de vacoas, les touffes de vieilles filles, les palmiers nains, elle repérait les endroits où elle pourrait s'enfuir, se cacher, reprendre la vie sauvage, et parler la langue de Bella, pour s'adresser à Tomy, au-delà de l'horizon, sur l'île déserte où il avait naufragé.

L'église Saint-Gabriel, c'était un gros édifice en pierre de lave, très noir et très effrayant. Maureez ne le connaissait pas. Elle en avait entendu parler quelquefois, non pas par Lola ou son Zak, qui n'allaient jamais à la messe, mais par des filles à l'école, et par des institutrices. Elles signalaient de temps en temps qu'il y avait une cérémonie à Saint-Gabriel, la confirmation, la communion, quelque chose dans ce genre, mais Maureez n'en faisait pas partie. Son père ne lui avait jamais parlé de religion, il ne s'intéressait pas à ces choses-là. Il avait seulement avec lui une pièce d'or, une jolie pièce qui brillait, et qu'il portait dans sa poche quand il allait en mer, pour être protégé. Un jour, avant de partir pour toujours, comme s'il s'en doutait, il avait donné la pièce à Maureez. Il lui avait raconté l'histoire, comment il avait trouvé la pièce dans le casier à crabes, une pièce qui provenait du grand trésor de Rodrigues que tout le monde cherchait depuis longtemps. Elle avait appartenu aux pirates, et quand ils avaient été capturés par les Anglais, ils avaient jeté le trésor à la mer plutôt que de le livrer, et voilà, un crabe avait emporté une pièce et l'avait cachée dans son nid, et maintenant c'était lui, Tomy Samson, qui la possédait. Il l'avait donnée à Maureez en lui disant, C'est ton porte-bonheur, avec la pièce to pe gagne lachance. Mais ça n'avait pas servi, puisqu'il avait disparu en mer.

Depuis, Maureez gardait la pièce sur elle, elle ne la laissait pas traîner, elle savait que la pièce d'or serait sûrement volée, Lola aimait bien tout ce qui brille.

Les filles du Cœur saint de Marie étaient entrées dans l'église, elles s'étaient alignées du côté gauche de l'autel, la sœur Pétronille devant elles. Les autres sœurs s'étaient assises au premier rang, sœur Saint-Jean-de-la-Lumière au milieu. Il avait fallu attendre un long moment, que les fidèles soient tous entrés, et il y avait tellement de monde qu'une partie des spectateurs était restée dehors, au soleil, devant la porte de l'église. Lorsque le prêtre est arrivé, un gros homme un peu rouge, habillé de sa chasuble vert et blanc, la sœur Pétronille s'est tournée vers les filles, la main levée, et au signal, elles ont commencé à chanter. Elles ont commencé par une hymne, sur une musique un peu lente et triste.

Puis tout d'un coup elles ont changé de tempo, et elles ont entamé le chant en anglais, *Wade in the water children*, Marchez dans l'eau mes enfants. Maureez avait retenu les paroles, la musique, mais elle n'arrivait pas à chanter avec les autres. Elle sentait quelque chose qui bougeait dans son corps, quelque chose qui montait dans sa gorge. Sa voix voulait jaillir, mais une main puissante la retenait, comprimait ses poumons, et faisait jaillir des larmes dans ses yeux. Les filles chantaient à voix plus basse, pour ne pas couvrir Pétronille, elles ont commencé à frapper dans leurs mains, à balancer les reins, et bientôt, dans l'église, tout le monde s'est mis à marquer la mesure, même ceux restés au-dehors ont frappé dans leurs mains, à faire tanguer leur corps, en reprenant les paroles, *Wade in the water, wade, wade in the water children*, et Maureez entendait son cœur battre plus fort, les paroles du chant reprises par la foule devaient monter vers le ciel, filer dans le vent, jusqu'au rivage perdu, de l'autre côté de l'océan, là où Tomy attendait.

Erin

Les mois, les années ont passé comme dans un songe, et Maureez s'est faite à sa nouvelle vie avec les filles. Elle a appris à se mettre en rang par deux, à marcher au pas dans la cour, à plier sa couverture au carré et à se mettre à genoux chaque soir à l'heure de la prière. Elle a appris à chanter selon les règles, bien droite, en poussant avec le diaphragme, et en arrondissant les notes, elle a appris les rythmes, les silences, les syncopes. La sœur Pétronille avait tout de suite compris que la chorale du Cœur saint de Marie avait trouvé sa voix, elle en avait parlé autour d'elle, et un beau jour, un prêtre est venu l'écouter, sans que cela ait l'air prémédité. Il est arrivé par le bateau, depuis sa paroisse du nord de Maurice, il a passé quelques jours à se faire dorloter au couvent, et il est venu dans la salle de musique. Pour l'occasion, la sœur Pétronille avait astiqué le vieux piano, elle avait disposé des bouquets de fleurs dans des vases, elle avait fait préparer par les filles des gâteaux manioc, et elle avait même sorti la grande théière chinoise dans son panier de raphia. Quand Maureez a terminé de chanter, le prêtre s'est approché pour lui serrer les mains. « Je suis le père Sancho » a-t-il dit. Il avait l'air ému derrière ses grosses lunettes. « Je voudrais t'inviter, je m'occupe d'un groupe de musiciens, est-ce que tu acceptes de donner un petit récital à La Salette ? » Il a ajouté : « La Salette, c'est ma paroisse dans le Nord, un bel endroit pour la musique. » Maureez hésitait, elle ne comprenait pas bien ce qu'était un récital. C'est la sœur Pétronille qui a réglé tous les détails. Il n'était pas question d'un concert payant, mais elle exigeait que tous les chants soient religieux. Le père Sancho et elle se sont mis d'accord sur le répertoire, sur l'accompagnement à l'orgue, sur les chœurs. La sœur Pétronille ne voulait pas le dire, mais elle était très excitée à l'idée que ses filles, sa chorale et sa soprano, soient entendues au-delà de Baladirou. Ce n'était pas une affaire mondaine, c'est ce qu'elle a expliqué à la supérieure Saint-Jean-de-la-Lumière, c'était une offrande céleste, et le père Sancho a commenté : « *Ad majorem Dei gloriam* », bien qu'il doutât que des religieuses recrutées à Madagascar ou aux Comores fussent très latinistes. On a pris date, pour le début de l'été, le temps de tout préparer. Puis Maureez n'y a plus pensé, ce n'était pas son problème. La musique, pour elle, ce n'était pas un récital, ni même une chorale. Pas une offrande non plus, à qui pouvait-elle offrir quelque chose ? C'était une façon d'être loin, d'oublier les mauvais moments de sa vie, de se libérer.

Parmi toutes les filles de Baladirou, une seule était devenue son amie. Pas vraiment une amie, quelqu'un avec qui on partage la vie, mais un visage familier, un soutien, une attirance. Elle s'appelait Erin, elle avait deux ou trois ans de moins que Maureez, surtout elle était petite et maigrichonne, sérieuse, avec une peau très pâle et des cheveux couleur de cuivre rouge, et son visage était mangé par deux grands yeux couleur d'eau verte. Au début, elle s'était cachée, mais après la bagarre avec la nommée Rhonda, Erin s'était approchée de Maureez. Depuis, elle s'asseyait à côté d'elle, toujours silencieuse, comme absente. C'est Maureez qui l'a confessée : elles avaient une histoire commune, Erin avait eu un problème avec son oncle maternel, à Maurice, là où elle habitait, quand elle était encore petite cet homme profitait de l'absence de sa mère pour la toucher en secret, il la poussait dans un angle et ses mains fouillaient sous sa jupe, ses doigts entraient dans son basventre, elle avait très honte, mais elle n'osait rien dire, elle avait compris que si elle parlait, c'est elle qu'on accuserait, l'oncle le lui avait bien dit, si elle parlait la police ne la croirait pas, on l'enverrait à la prison de Beau-Bassin, avec toutes les filles dévergondées. Erin racontait tout cela petit à petit, par bribes, à voix basse, comme un secret. Maureez n'a pas parlé d'elle-même, mais elle a pris Erin sous sa protection, elle a même essayé de lui apprendre à chanter, mais Erin était trop craintive, elle n'arrivait pas à produire autre chose qu'un murmure.

Jour après jour, la relation entre les deux jeunes filles s'est affirmée. Elles semblaient inséparables, ou pour être plus exact, Maureez ressentait le lien qui rattachait Erin à elle, un lien de dépendance, entre admiration, crainte et envie, partout où Maureez allait, Erin restait collée à elle, parfois elle s'agrippait même à sa robe, et Maureez devait détacher ses doigts un par un comme elle aurait fait avec un enfant. Normalement, la place d'Erin était au bout du dortoir, près de la porte, tandis que Maureez avait imposé son domaine, en plaçant son matelas à même le sol en dessous de la fenêtre, pour mieux voir le ciel étoilé. Plusieurs fois, Maureez était intervenue pour protéger Erin, quand les filles plus âgées s'attaquaient à elle, pour lui voler son goûter, ou pour lui tirer les cheveux. Un matin, c'est Rhonda, toujours elle, qui a déclenché la bagarre, elle a pris une banane dans l'office, elle voulait forcer Erin à l'avaler, avec la peau, elle écrasait le fruit sur la bouche d'Erin en criant : « Manze ! Manze to banane ! » Les autres regardaient la scène en riant, mais Maureez a poussé Rhonda par terre, d'une simple bourrade, et l'a menacée avec ses poings, et tout s'est terminé, mais c'était clair que ça n'en resterait pas là. Et en effet, après cela, il y a eu l'affaire de la pièce d'or. Maureez l'avait montrée à Erin, sortie de sa cachette au fond de son sac, Erin avait regardé la pièce sans oser y toucher, mais ses yeux pâles brillaient de désir. Jamais elle n'aurait osé voler Maureez, sans doute parce qu'elle avait peur d'elle, mais elle n'a pas résisté au plaisir de la trahison, à moins que ce ne fût pour obtenir les grâces de sa pire ennemie, elle a livré le secret à une des filles, pour que cela arrive jusqu'à Rhonda. Cela s'est passé ainsi, et quand Maureez l'a compris, elle n'a pas pu rester au refuge. Sa vie a pris un autre cours.

Bois Noirs

C'est arrivé un après-midi, après la répétition de la chorale avec la sœur Pétronille. La venue de l'évêque en ville avait vidé le refuge de Baladirou, les filles étaient dans le dortoir, il pleuvait et il y avait du vent au-dehors. Rhonda, qui avait gardé ses distances, suite à la dernière bagarre à cause d'Erin et de la banane, est revenue à la charge. Elle avait profité de l'absence de Maureez pour fouiller dans ses affaires, et elle avait découvert grâce à Erin, cachée dans une pochette en tissu, la fameuse pièce d'or du pirate. Elle l'a montrée aux autres filles, en accusant Maureez de l'avoir volée. Chacune voulait toucher la pièce, et ça n'a pas tardé à faire un esclandre, les cris des filles, et la pièce qui passait de main en main, au fur et à mesure que Maureez voulait la reprendre. Erin s'est cachée derrière une table, elle tremblait et pleurait, mais ça ne changeait plus rien. La colère que Maureez avait entassée depuis son arrivée au couvent a éclaté d'un seul coup. Elle n'a pas crié, elle n'a pas réclamé son bien, elle s'est précipitée sur Rhonda et la bagarre a recommencé. Rhonda était plus grande et plus forte, maigre avec les bras musclés, son visage grimaçant, ses cheveux nattés sur le sommet de sa tête formaient un casque. Maureez s'est jetée sur elle de tout son poids et l'a vautrée par terre, elle l'a frappée avec ses poings, partout où ça pouvait faire mal, et en même temps elle la maintenait au sol avec son genou appuyé dans l'entrejambe. La sœur Pétronille est accourue, mais cette fois il manquait la sœur Simone et ses battoirs. Rien ne pouvait séparer les combattantes. Comme pour les batailles de chiens, Pétronille est allée chercher un seau d'eau et l'a jeté sur les deux filles, et le combat s'est arrêté. Maureez a voulu récupérer sa pièce, mais Pétronille a demandé à confisquer l'objet du litige. C'est Rhonda qui a tendu la pièce à la sœur, elle l'a regardée avec attention, comme si elle cherchait à lire sur l'avers le nom du propriétaire. Maureez n'a pas parlé. Elle n'a pas pleuré, elle n'a pas supplié : « Mais c'est à moi ! » La bouche serrée, les yeux hostiles, elle regardait la pièce qui disparaissait dans la poche du tablier de la religieuse. Il y a eu un moment de silence dans le dortoir, les pensionnaires d'un côté, la sœur Pétronille de l'autre. Maureez s'est relevée, elle a ramassé son sac qui contenait ses vieux habits, elle n'a pas remis d'ordre dans ses cheveux. Elle est passée devant les filles sans les regarder, elle a marché vers la porte, et elle est sortie. Quelque part dans sa tête résonnaient les cris des filles, les mots de la sœur Pétronille, les jurons de Rhonda, tout s'est mélangé au bruit du vent dans les palmes au-dehors, au tambourinement de la pluie sur le toit de tôle. L'eau cascadait dans la cour, sur le chemin, partout. Maureez a enlevé ses tongs pour marcher dans les ruisseaux de boue, elle s'est déshabillée, elle a jeté le tablier gris dans les buissons pour remettre son pantalon troué et son tee-shirt, et elle a pris la route de la montagne, à grands pas, pour s'éloigner au plus vite du couvent. C'était comme le jour où elle avait décidé de quitter la maison de son père, elle a crié le même adieu dans la langue de Bella, *Wallalowa*, Pars et ne reviens jamais !

Les chemins de terre vers la montagne ruisselaient sous les rafales de pluie. Après avoir marché tout le jour, Maureez est arrivée dans une région escarpée, couverte de grands arbres. Elle avait entendu parler de Bois Noirs par son père, comme quoi autrefois les marrons avaient vécu dans la montagne pour échapper aux bandits qui capturaient les gens pour les vendre en esclavage. Un endroit maudit, habité par des esprits, par des fantômes, ou par des gens sans famille. Pour Maureez, c'était l'endroit où se réfugier, le plus loin possible de sa marâtre et de son amant, loin aussi de Rhonda et d'Erin qui lui avaient volé sa pièce d'or. En entrant dans la forêt, Maureez a senti un voile de bienveillance l'entourer, une sorte de souffle froid qui dissipait son angoisse. Elle a prononcé le nom de Bella, parce qu'elle savait que c'était ici, dans la montagne, qu'elle entrait dans la maison de sa protectrice. Au bout du ruisseau, près de la source, un bassin d'eau l'a invitée à se reposer. Elle a bu l'eau froide, en écartant les algues et les moustiques qui zigzaguaient à la surface. Ensuite elle s'est déshabillée, elle s'est lavée dans la source, elle a plongé sa tête dans l'eau, elle a longuement essoré sa chevelure. La pluie continuait à tomber entre les feuilles des arbres, Maureez a cherché un endroit abrité où passer la nuit, un creux dans la terre entre les racines, elle l'a nettoyé avec ses doigts pour écarter les scolopendres et les scorpions. Dans son sac elle a trouvé les morceaux de pain de manioc qu'elle avait gardés depuis des jours en prévision de son départ.

Elle s'est recroquevillée dans sa tanière, mais le froid et le bruit du vent l'empêchaient de dormir. Pour se donner du courage, elle a commencé à chanter à voix basse, en murmurant, puis de plus en plus fort, les paroles que les filles chantaient à l'église Saint-Gabriel, *Wade in the water, children, wade, wade in the water.*

C'était une langue nouvelle, douce comme celle de Bella, cela faisait une vague qui allait et venait sur elle, la berçait et la roulait doucement. Elle ne connaissait pas les mots, mais ils ressemblaient à sa langue, ils pouvaient aller jusque chez son père.

Avant le matin, elle a été réveillée par un aboiement de chien. Elle s'est préparée à bondir, pour échapper à ceux qui la recherchaient. Mais la voix du chien était lointaine, perdue au-delà des arbres, aiguë et faible comme un grelot. Maureez a caché son sac entre les racines et elle s'est aventurée dans la direction du bruit, jusqu'à ce qu'elle découvre la ferme. C'est comme cela qu'elle est entrée dans le domaine de Makaranda.

Bien sûr, à ce moment-là, Maureez ne savait pas que c'était Makaranda, elle n'avait jamais entendu ce nom. Elle s'est approchée tout doucement, en écartant les branches, pieds nus pour ne pas faire de bruit, et là, au fond du ravin, accrochée à une sorte de balcon de pierre au-dessus du torrent, elle a vu une maison de bois couverte d'une tôle rouillée, entourée de plantes en pots, de fleurs, une maison petite et mignonne comme une maison de poupée, et devant la maison un chien noir qui la regardait en aboyant. Au bout d'un moment, une personne est sortie de la maison, une femme habillée avec des vêtements d'homme, qui a crié : « Tais-toi, Licien ! »

Comme Maureez restait figée sur son promontoire, la femme lui a fait signe de venir. « Viens, n'aie pas peur, Licien n'est pas méchant, il aboie mais il ne mord pas ! » La femme avait un visage aimable, bien rond, des yeux plissés, les cheveux courts. Maureez a pensé qu'elle avait l'air d'une ouvrière, mais sa peau était claire, et ses cheveux mélangés de gris et de blond. Elle a fait signe à nouveau, et Maureez est descendue vers le fond du ravin. Elle ne savait pas encore s'il fallait approcher davantage, ou battre en retraite, mais la femme ne semblait pas dangereuse. De plus, elle n'a pas demandé le nom de Maureez, ni rien du tout, elle a dit seulement : « Je t'ai entendue chanter cette nuit, tu as une jolie voix. » Elle a ajouté : « Ici, dans la montagne, les bruits portent loin, surtout avec le vent et la pluie, c'était bien de t'écouter chanter. »

Elle a pris Maureez par la main, elle l'a fait entrer dans la cabane, et Maureez a été tout à fait rassurée de voir que cette femme était plus petite qu'elle, mais elle avait des bras musclés et elle donnait une impression de force. En regardant Maureez de plus près, la femme a vu que cette fille était transie de froid, ses vêtements trempés par la pluie, elle a vu dans ses yeux la peur, la méfiance, peut-être aussi une lueur de colère. Elle a continué à parler doucement, pour la rassurer. « Viens, entre chez moi, tu peux te reposer, il n'y a personne, ici il n'y a que moi et Licien. » Elle a dit son nom. « Moi c'est Adèle Létan. Je suis apicultrice, cette maison, les bois noirs autour, tout ça appartient aux abeilles, elles travaillent et moi je récolte le miel. » Dans la pénombre du matin, Maureez a vu les rangées de pots sur une étagère, tout brillants d'une lumière d'or sombre, comme si le soleil était déjà apparu à l'intérieur de la cabane. Elle s'est assise sur les marches, devant la maison. Adèle est revenue un instant après, apportant un bol de thé brûlant. « Tiens, bois, ça te réchauffera le corps. » Maureez a siroté à petites gorgées le breuvage, c'était très chaud et très sucré. « Le sucre, c'est les abeilles qui te le donnent. Ça te plaît ? » a demandé Adèle. Maureez a fait signe que oui de la tête. Puis elle a dit son nom, tout bas, comme un secret : « Je suis Maureez Samson. » Elle a réfléchi à la façon de raconter son histoire. « Je suis venue de la côte, j'ai marché longtemps longtemps jusqu'ici. » Adèle s'est assise à côté d'elle, son bol de thé dans ses mains. « Tu me diras tout ça un jour, si tu as envie. Si tu ne sais pas où habiter, tu peux rester ici. Tu m'aideras avec les ruches, si tu veux bien. Comme ça tu n'as pas besoin de retourner là d'où tu viens. » C'était facile, Maureez n'a pas répondu mais elle a incliné la tête, et tout a été dit.

La vie à Makaranda (c'est le nom qu'Adèle Létan avait donné à son domaine) c'était l'idéal pour Maureez. Elle ne s'était jamais sentie aussi libre. Pas d'école, pas de leçons de morale ni d'instruction religieuse, pas de chiennes et de louves comme à Baladirou. Et si loin de Lola Paten ! Le matin, au lever du soleil, elle accompagnait Adèle aux ruches. Les abeilles vivaient un peu partout dans les bois, près de la maison, ou bien plus loin, de l'autre côté du ravin. Ce n'étaient pas vraiment des ruches. C'étaient plutôt des boîtes en bois avec un toit en tôle, accrochées aux branches. Certaines avaient construit leurs propres nids, des sortes de gros fruits noirs perchés sur les troncs des arbres qu'Adèle nommait « les fruits du soleil ». Adèle emportait avec elle un panier garni de charbons ardents, et un soufflet en vacoa. Elle ne se protégeait pas des piqûres, elle avait dit à Maureez : « Si tu es calme, si tu leur parles, ou si tu leur chantes, elles ne te feront rien, elles seront tes amies. »

Elle a montré comment il fallait faire, envoyer la fumée vers la ruche, et retirer les rayons à mains nues, très lentement, en murmurant des chansons, en bourdonnant. Les abeilles se posaient sur ses mains, sur ses cheveux, marchaient sur ses habits. Pour Maureez, elle a préparé des habits spéciaux, un vieux pantalon serré aux chevilles, une chemise d'homme à manches longues.

Elle a commenté : « Tu n'as pas besoin de mettre un foulard, tes cheveux sont épais, ça va leur plaire, elles vont te prendre pour un buisson. »

De temps en temps une abeille un peu rebelle piquait, Adèle secouait sa main, elle souriait : « C'est un remède, ça aussi, ça te protégera des rhumatismes. » Elle a expliqué un peu plus tard : « Quand mon mari s'est installé ici, il y a des années, il souffrait beaucoup des genoux, et les piqûres l'ont guéri. » Maureez a osé lui demander : « Il est où votre mari ? » Adèle en a parlé, juste une fois, pour ne plus y revenir. « Mon mari est parti, il est retourné chez lui, de l'autre côté de la mer, au Canada. Maintenant on me dit qu'il est mort, voilà tout. »

Maureez a appris très vite. Au bout de quelques semaines, elle savait parfaitement retirer les claies pleines de miel et les mettre à goutter dans un seau couvert de tissu, puis transvaser le miel dans les pots préparés sur une étagère devant la maison. Elle a appris à monter aux arbres pour décrocher les fruits du soleil, entourée du vol des abeilles. Elle s'est même habituée aux piqûres, elle écartait l'abeille doucement, elle retirait le dard et elle mettait une goutte de miel pour désinfecter. L'après-midi, pendant qu'Adèle se reposait, Maureez partait à l'aventure dans les bois noirs, jusqu'à une grande clairière où se trouvait une ancienne tombe. « Ce sont les premiers habitants de l'île » lui avait expliqué Adèle, « il y a très longtemps, ils ont débarqué ici et ils ont créé un village, maintenant il ne reste plus que les tombes et les fantômes. » Maureez n'a pas rencontré les fantômes, mais elle aimait bien s'allonger sur les longues pierres de lave chauffées par le soleil, pour écouter le vent. En haut de la montagne, à travers les arbres, elle apercevait la mer qui scintillait, la frange d'écume le long du récif, les îlots blancs. Elle parlait avec Bella, et aussi avec Tomy, dans leur langue, peut-être que le vent d'est emportait ses paroles jusqu'à eux, de l'autre côté de la mer, jusqu'en Mozambique.

Deux fois par semaine, Adèle partait en portant un sac

de vacoa chargé de pots de miel pour les vendre dans les hôtels, à la ville. Elle ne demandait pas à Maureez de l'aider, elle savait que la jeune fille évitait les contacts, elle avait peur de rencontrer sa vie d'avant. Adèle lui a seulement dit : « Un jour, nous irons ensemble écouter chanter. » Comme Maureez la regardait avec inquiétude, Adèle a expliqué : « Si tu veux, on ira ensemble, c'est dans une petite église de la forêt, c'est près d'ici, tu ne rencontreras pas les gens que tu ne veux pas voir. »

« Qu'est-ce qu'on chante là-bas ? » a demandé Maureez.

« Je crois que ça te plaira. Il y a des chants en anglais, les chants des esclaves, comme celui que tu chantes quelquefois dans la forêt, Marchez dans l'eau, mes enfants, marchez dans l'eau. »

Adèle ne l'avait pas dit à Maureez, mais chaque fois que la jeune fille chantait, quelque part dans la montagne, elle s'approchait sans faire de bruit pour l'entendre. « Maintenant, avec tout le miel que tu manges ici, ta voix est encore plus douce » a plaisanté Adèle. Maureez a bien aimé le compliment, parce que c'était vrai, elle chantait aussi pour les abeilles, au pied des arbres, les insectes faisaient une ronde autour d'elle, se posaient sur ses mains et sur ses habits quand elle chantait.

Un soir, avant de dormir, Maureez a tout raconté à Adèle. Comment son père était parti en mer et n'était jamais revenu, et la vie à la maison, sa belle-mère qui la battait pour un oui ou pour un non, et surtout, lui, Zak, un pervers qui avait juré de coucher avec elle. Adèle a écouté, elle n'a rien dit, elle a seulement mis ses bras autour du corps de Maureez, elle l'a serrée très fort. Plus tard, elle a murmuré à son oreille : « Tu es ma tifille, pour toujours. »

Ça s'est fait un samedi. Adèle a mis sa belle robe bleu foncé, un chapeau en paille, ses sandales neuves, et elles ont marché, elle et Maureez, vers le bas de la montagne, par les sentiers le long des ruisseaux. C'était une belle matinée, le soleil brûlait déjà dans un ciel sans nuages. Elles sont arrivées à une clairière, au bout de la forêt, où se trouvait une petite case blanche ordinaire, avec un toit de tôle rouillée. « C'est ici qu'on va chanter » a dit Adèle. Maureez a eu une hésitation en voyant les gens attroupés devant la maison, des hommes, des femmes endimanchés, des enfants qui jouaient dans la cour de terre rouge. « Viens, ne crains rien » a dit Adèle. « Personne ne te demandera rien, même pas ton prénom. Il n'y a pas de curieux ici, juste des amis. »

La maison était pleine, mais Adèle s'est faufilée en tenant Maureez par la main, et elles se sont installées au premier rang. Il y avait quelques filles de l'âge de Maureez, mais la plupart étaient des gens plutôt âgés, des hommes habillés d'un pantalon noir et d'une chemise blanche, des femmes en robes sombres comme Adèle, coiffées de chapeaux de paille ou de fichus. Il y a eu un assez long silence. Maureez se demandait quand tout allait commencer, et puis d'un seul coup, les voix se sont élevées. C'était un chant que Maureez ne connaissait pas, d'abord très doux, en sourdine, et petit à petit la musique est arrivée, une musique de piano jouée par un homme, à moitié caché par la foule, et les voix l'ont accompagnée, un balancement au rythme des mains, tous les corps en mouvement. Sur le devant, une fille a chanté plus fort que les autres, d'une voix pas très assurée, un peu basse, et toute l'assistance reprenait ses paroles. Maureez écoutait le chant, le visage tourné vers la chanteuse, elle sentait la voix qui montait en elle, les mots qui venaient à ses lèvres, un flot qui débordait de son cœur et coulait dans ses veines. Les chants se sont succédé, ils emplissaient l'étroite maison et débordaient jusque dehors, et le bruit des mains devait s'entendre dans toute la forêt, jusqu'au rivage, un bruit, une musique pour monter jusqu'au ciel, pour franchir la mer et atteindre les autres mondes.

À un moment, l'assemblée s'est arrêtée de chanter, et Adèle a pris Maureez par la main et l'a conduite jusqu'au-devant de l'autel, là où se tenaient les chanteurs. Elle a dit seulement : « C'est ton tour maintenant, chante ton chant, celui que tu chantes tous les soirs dans la forêt. » La musique a commencé et Maureez a reconnu les premières mesures de *Wade in the Water*, le chant des esclaves marrons guidés à travers les marécages par Harriet Tubman, les chanteurs et les chanteuses du premier rang ont laissé monter un murmure très doux, et les mains se sont mises à frapper le rythme lent, le balancement, le bercement du chant.

Wade in the water, wade in the water, children, wade in the water, God's a gonna trouble the water.
See that host all dressed in white, God's a gonna trouble the water.
The leader looks like the Israelite, God's a gonna trouble the water.

See that band all dressed in red, God's a gonna trouble the water.
Looks like the band that Moses led, God's a gonna trouble the water.

If you don't believe I've been redeemed, God's a gonna trouble the water.
*Just follow me down to Jordan's stream, God's a gonna trouble the water**.

Quand elle a eu fini de chanter, Maureez s'est écartée du groupe, en chancelant, elle se sentait épuisée, sa peau et son visage couverts de sueur, elle s'est appuyée sur l'épaule d'Adèle. Elle avait tout donné, pour la première fois de sa vie, portée, emportée par la musique. Il y a eu un instant de silence dans l'assistance, puis le petit homme qui avait accompagné le chant au piano est venu jusqu'à elle, il a dit seulement son nom, Michael, et il l'a embrassée, sans ajouter un mot, lui aussi semblait ému, hors de lui, il a serré les mains des fidèles, les mains d'Adèle, et la foule s'est refermée sur lui, pendant que Maureez s'échappait et marchait vers la porte, sans écouter, sans regarder personne. Sa main serrée dans la main de sa compagne. Plus tard, Adèle a commenté : « Un

* « Marchez dans l'eau, mes enfants, marchez dans l'eau, Dieu troublera l'eau / Regardez votre guide, habillé de blanc, Dieu troublera l'eau / Votre guide ressemble aux Israélites, Dieu troublera l'eau / Regardez cet orchestre vêtu de rouge, Dieu troublera l'eau / Ils ressemblent au peuple de Moïse, Dieu troublera l'eau / Si vous ne savez pas que j'ai été sauvée, Dieu troublera l'eau / Suivez-moi dans le fleuve Jourdain, Dieu troublera l'eau. »

ange est descendu dans notre église. » Elle a ajouté, pour qu'elle ne se sente pas pousser des ailes : « Avec tout le miel que tu as mangé ! »

Après cela, la vie a changé pour elle, et d'une certaine façon pour Adèle aussi. Chaque semaine, elle accompagnait Maureez jusqu'à la petite case blanche, et là, avec le pianiste et le groupe de chanteurs, Maureez apprenait de nouveaux chants, de nouvelles paroles. Sa timidité du début s'était effacée. Maintenant, elle se sentait sûre d'elle, de ce qu'elle devait faire de sa vie. Il n'y aurait rien d'autre que la musique, le chant, les hymnes. Elle apprenait à respirer, à pousser sa voix avec son ventre. Elle apprenait les notes, le pianiste la corrigeait, lui faisait reprendre, encore, encore, quand elle avait fait une fausse note, ou qu'elle avait trop poussé sa voix. Il posait sa main sur sa poitrine : « Tu as un instrument, là, ce n'est pas juste une voix, c'est ton instrument de musique. » Il avait essayé de lui apprendre à lire les partitions, celle d'Odetta Holmes qui chantait *I feel like a motherless child*, ou celle de Mahalia pour *Swing low, sweet chariot*, mais Maureez n'y arrivait pas, elle regardait le papier, puis elle chantait autrement, elle inventait ses mots, elle s'envolait toute seule au-dessus du chœur. L'anglais, c'était comme la langue de Bella, ça glissait tout seul sans qu'on ait besoin de traduire. Le musicien avait compris que c'était inutile, il suffisait de lui faire entendre le morceau enregistré sur son téléphone, puis il se mettait au piano, et Maureez s'emparait du chant, le transformait, le rendait éclatant. Et chaque samedi, les fidèles de l'église venaient plus nombreux, ils venaient de loin, depuis la capitale, et même des gens de passage venaient écouter la voix de l'ange.

Le nom de Maureez a commencé à circuler dans l'île, même chez les gens qui ne croyaient à rien, ou qui n'aimaient pas l'église de Bois Noirs, les gens qui d'habitude dédaignaient ce qui ne leur ressemblait pas, qui se méfiaient de la religion des montagnards. En même temps que l'affluence est arrivée l'abondance, Michael recevait de l'argent, des provisions, des cadeaux, et c'est sa femme Michelle qui les entreposait dans une petite pièce à côté de l'église, un réduit fermé par une porte en fer. Maureez a reçu une belle robe blanche en tissu léger, mais il a fallu y tailler des ouvertures dans le dos pour accueillir son corps. Néanmoins elle refusait toujours de mettre un chapeau de paille comme les paroissiennes, parce que sa chevelure n'aurait pu y trouver place. Michael ne faisait pas de commentaires, mais sa femme insistait : « Cette enfant ressemble à une sauvage, on dirait qu'elle a grandi dans la forêt. » Adèle a tranché : « C'est ce qu'elle est, une sauvage, elle a grandi toute seule, elle n'a pas eu de famille. » La légende du pêcheur disparu en mer était connue de tout le monde à présent. Un journal a même relaté l'histoire, en y ajoutant des détails imaginaires, que Maureez avait été sauvée du naufrage, qu'elle avait été recueillie par un navire de guerre anglais qui croisait dans les parages. Dans la suite des fausses nouvelles un journaliste en mal de copie avait écrit que l'histoire de Maureez était connue de la famille royale d'Angleterre, que la reine Elizabeth avait même envoyé une lettre au gouvernement pour offrir à l'infortunée jeune fille de venir étudier à Londres.

Maureez ne s'occupait pas de ces rumeurs. Quand elle avait fini ses répétitions, elle ôtait sa belle robe blanche, elle enfilait son pantalon serré aux chevilles, sa chemise de travailleur à manches longues, et elle courait jusqu'au ravin de Makaranda, pour s'occuper des abeilles. Sur le chemin, elle était parfois accompagnée par un jeune garçon qui devait avoir le même âge qu'elle, mais qui semblait frêle et timide, il ne lui parlait pas, sauf quelques mots pour dire bonjour au revoir, il trottait à côté d'elle comme un petit chien, il était le seul que Maureez acceptait. Quand Adèle a demandé à Maureez son nom, elle a haussé les épaules : « Lui, il s'appelle Bonhomme. » Autant dire Personne. Il n'était pas dangereux.

Un après-midi, en revenant de la maison blanche, Maureez a vu des intrus devant Makaranda. À la couleur claire des robes, Maureez a reconnu les sœurs. Elle s'est cachée derrière les arbres, elle a attendu que les visiteuses partent, mais son cœur battait plus fort, parce que c'était un morceau de sa vie passée qu'elle préférait oublier.

« Qu'est-ce qu'elles voulaient ? »

Adèle hésitait. « Elles ne veulent rien, elles sont venues te voir c'est tout. »

Mais ça se voyait qu'elle ne disait pas tout.

« C'est pour me reprendre qu'elles sont venues ? » a insisté Maureez.

« Elles ont entendu dire que tu venais dans notre église, elles aimeraient que tu retournes là-bas à Baladirou, pour chanter avec les filles. Mais tu fais comme tu veux. »

Maureez restait silencieuse, son visage fermé.

« Ah oui, elles ont aussi rapporté quelque chose qui est

à toi. » Adèle a ouvert sa main et Maureez a vu briller la pièce d'or du pirate.

Maureez a pris la pièce et l'a rangée dans ses affaires. Le lendemain elle a décidé d'aller à Baladirou. Elle a plié la belle robe blanche, dans un sac de vacoa, avec sa provision de miel. Adèle l'a regardée partir. Elle n'a pas osé demander : « Mais tu reviendras ? » Maureez était libre maintenant, personne n'attendait d'elle quoi que ce soit, hormis de chanter. Elle n'appartenait plus à personne.

La Salette

Sur le pont du bateau, Maureez regardait s'éloigner la côte de son île. Elle n'avait jamais imaginé quitter son pays, aller au-delà des îlots du récif, sur la haute mer. Les creux étaient violents, Maureez n'a pas tardé à sentir les effets du mal de mer. Elle aurait voulu rester dans le salon avec Michael, mais l'air était suffocant, imprégné d'une odeur de mazout qui donnait des haut-le-cœur. D'ailleurs Michael était prostré sur son fauteuil, un sac à portée de main, prêt à vomir. Sur le pont, à tribord, le vent soufflait moins fort, l'embrun des vagues passait en nuages rapides, la vibration trépidante du moteur secouait le bateau, mais c'était mieux que d'être enfermée. La nuit est tombée et le ciel s'est empli d'étoiles qui tanguaient et roulaient au rythme des vagues. Maureez est restée sur le pont jusqu'à l'aube, pour voir apparaître la côte de Maurice, une bande grise surmontée de nuages. Puis les îles se sont détachées de l'horizon, et le soleil a allumé des éclairs sur la côte, là où étaient les toits de tôle et les vitres des habitations. Michael est sorti du salon, la mine défraîchie, il s'est accoudé au garde-corps. Il semblait plus anxieux que Maureez, pourtant c'est lui qui a répété : « Péna problème, tout correct, nous serons bien reçus, ma belle-sœur nous attend sur le quai. » Le débarquement s'est fait à la fin de la matinée dans une chaleur étouffante, le taxi a conduit le groupe jusqu'à Triolet, chez la belle-sœur de Michael. Le concert était prévu pour le dimanche suivant.

La Salette, c'était une belle église en pierre noire et charpente peinte en gris clair au milieu des cannes. Les portes étaient ouvertes depuis le matin, et les fidèles se pressaient pour entrer. Le chœur était composé de jeunes filles créoles en robes sombres, et Maureez s'est placée un peu à l'écart, sa robe faisait une tache de lumière comme une fleur d'arum, mais elle n'avait pas de chapeau et sa chevelure noire s'étalait autour de son crâne avec toujours la même insolence. Au premier rang de l'assistance, Maureez a vu une femme âgée, vêtue d'une robe bleue, qui l'observait en souriant. Un bref instant, elles ont échangé un regard. Maureez avait appris à se tenir devant les assemblées, à fixer ses yeux un peu au-dessus des visages, un peu à gauche, comme Michael lui avait dit de le faire. Quand la musique a commencé sur l'harmonium, au début de la cérémonie, Maureez a fermé les yeux, elle a respiré, en gonflant ses poumons pour prendre des forces. Les filles ont débuté lentement, avec des voix basses, en balançant leurs épaules, leurs pieds bien attachés au sol, et l'assistance aussi s'est mise à bouger, longuement, doucement, en accompagnant les voix du chœur. Maureez a ouvert les yeux, elle a regardé Michael debout devant elle, au premier rang des fidèles. Il n'a pas eu besoin de lever la main, au moment précis, quand la vague se retire, la voix de Maureez a pris le relais, en sourdine au début, puis de plus en plus fort, elle a éclaté dans l'espace de l'église, tandis que les fidèles se levaient et frappaient dans leurs mains. Elle a chanté toutes les hymnes qu'elle avait apprises dans l'église de Bois Noirs, en anglais, les chants des travailleurs et les chants des voyageurs, les chants de la révolte et de l'amour d'Odetta Holmes, le chant des fugitifs, *Wade in the Water*, les litanies à la Vierge noire, l'hymne à la Mère de Pergolèse, et *Man That Is Born of a Woman* de Henry Purcell, et bien sûr l'*Ave Maria* de Schubert mais ce chant-là était bien trop doux pour elle, elle a continué avec la chanson de Kim Ah-joong qu'elle avait écoutée sur le téléphone de Michael, *Maria* !

Cette chanson, c'était son histoire, l'histoire d'une fille abandonnée et trop grosse, qui se libère en criant son nom, *Ave ! Ave Maria !* La musique de l'harmonium s'est arrêtée, personne ne connaissait la chanson, mais bientôt l'assistance a repris son cri désespéré, *Maria ! Ave Maria !* Maureez a chanté en coréen, elle avait appris les paroles par cœur, elle se souvenait de tout, elle avait une mémoire exceptionnelle pour les langues, c'est ce que Michael avait dit, et il avait accepté cette chanson même si ce n'était pas vraiment religieux, et que le clip de *Deux cents livres* racontait une histoire d'amour. Michael avait dit : « L'amour c'est cadeau du bon Dieu. » Enfin, Maureez a chanté une dernière chanson, le blues de Dena Mwana en français et en lingala, les paroles de la chanson parlaient aussi de sa vie, de l'amour pour son père perdu en mer :

Si la mer se déchaîne
Si le vent souffle fort
Si la barque t'entraîne
N'aie pas peur de la mort
Si la barque t'entraîne
N'aie pas peur de la mort
Il n'a pas dit que tu coulerais
Il n'a pas dit que tu sombrerais
Il a dit
Allons sur l'autre bord
Allons sur l'autre bord

Il n'a pas dit que tu coulerais
Il n'a pas dit que tu sombrerais
Il a dit
Allons sur l'autre bord
Allons sur l'autre bord

Maureez a continué la chanson dans la langue africaine, les mots glissaient comme dans la langue de Bella, l'assistance les a repris, ils ont résonné sous la voûte grise de l'église :

Um'ulwandle
Luda'lulwa
Akotika Yo ata Mokolo Moko tse
Nhliziyo yam'
Bwaka miso na yo likolo
Ungasabi
Epayi ya Tata

Kosoze'yena, Matondo oh
Akushiye'yena, Matondo oh
Akosoze'yena, Matondo Yaya
Matondo oh, Matondo, Matondo Yaya !

et quand l'assemblée a repris ces mots, *Matondo, Matondo oh*, quand l'harmonium a repris le flot de la musique, plus fort, plus haut, et que cela a roulé et résonné dans les murs de la chapelle, Maureez a senti les larmes déborder de ses yeux.

La chanson s'est éteinte, Maureez était épuisée, elle chancelait, une jeune fille nommée Alix lui a apporté une chaise, Michael est venu aussi, et les fidèles sont sortis lentement de l'église, comme à regret. Le père Sancho, vêtu de sa tunique blanc et vert, s'est approché, il a serré les mains de Maureez, ses verres de lunettes étaient embués. À ce moment Michael s'est éloigné, il ne croyait pas beaucoup à l'œcuménisme.

Dans le jardin de l'église, la femme que Maureez avait vue en entrant, assise au premier rang, l'attendait. À côté d'elle, des journalistes prenaient des photos, et quand Maureez a voulu s'éloigner, cette femme l'a rejointe, lui a pris la main. Elle avait un gentil visage, un sourire aimable. À côté d'elle, un homme aux cheveux gris s'est penché vers Maureez, il lui a donné une carte de visite sur laquelle il avait écrit son numéro de portable. C'est le père Sancho qui a expliqué : « C'est la princesse Christina de Suède. » L'homme aux cheveux gris a dit, sa voix grave, son accent étranger : « Si vous voulez venir en Suède, à l'école d'Uppsala, nous ferons tout pour que ce soit possible, vous pourrez étudier et enseigner la musique. » Il a ajouté : « Je suis le consul de Suède, je pourrai vous aider pour tous les papiers. » Maureez a remercié, elle a fait sa révérence à la princesse puis elle s'est sauvée pour rejoindre Michael et son taxi. Elle se sentait très fatiguée, un peu amère aussi, elle avait hâte de s'allonger sur un lit et de dormir, dormir. Rêver peut-être.

C'est ce soir-là que Maureez a choisi de devenir une femme. En enlevant sa robe blanche, elle a vu l'étoile rouge imprimée dans le tissu. Les filles de Baladirou avaient parlé de ça, certaines étaient déjà réglées depuis longtemps. Maureez a lavé la robe à l'eau froide, elle a bourré sa culotte avec du papier toilette, et le lendemain matin elle est allée au Winner's pour échanger un pot de miel contre un paquet de tampons. La caissière a voulu faire une photo avec elle sur son téléphone. Les nouvelles allaient vite, le même jour la belle-sœur de Michael a montré la première page de *L'Express*, une image avec, en sous-titre, « La Princesse et la Diva » !

Les étoiles

Maureez n'avait pas pensé à un tel retour. Sur le môle étroit, là où elle avait rencontré Mahmoody il y avait longtemps, des gens attendaient. Des femmes, des enfants, des pêcheurs. Les écolières avaient reçu l'autorisation de s'absenter. Elle a descendu la coupée, en portant son sac de vacoa dans lequel il y avait sa robe, et le téléphone de Michael, et un autre sac qui débordait de souvenirs, et tout de suite le Bonhomme de Bois Noirs est venu l'aider à porter ses bagages, tous les cadeaux qu'elle avait reçus à La Salette, les bouquets de fleurs blanches et rouges, les paniers de goyaves, les gâteaux. À cause du tampon, Maureez marchait comiquement, les jambes un peu écartées, mais la belle-sœur l'avait consolée au moment de partir : « Tu t'habitueras, comme toutes les femmes. » La nuit sur le bateau, elle avait regardé à nouveau le ciel étoilé, il lui semblait que des mois et des années s'étaient écoulés depuis qu'elle avait quitté son île. Au-dessus du môle, la bannière de l'autonomie rodriguaise flottait dans le vent, ornée de son drôle d'oiseau solitaire au cou trop long, qui ressemblait à une oie blanche sur fond d'azur.

Quelque part dans la foule, sur le chemin, elle a aperçu Lola Paten, vêtue de son jogging rouge. La femme lui a paru tout à coup petite, ordinaire, sans aucune méchanceté dans les yeux, sans rien qui menace ou qui insulte, et c'était comme si elle ne l'avait jamais connue, ou comme si cette femme sortait d'un trou de mémoire, insignifiante, un peu vulgaire, inoffensive.

Le même soir, Maureez a laissé Adèle seule à Makaranda avec Licien, et elle a rejoint Bonhomme sur la plage, à Anse Bouteille. Des jeunes s'étaient réunis, ils avaient allumé un feu de bois flottés et de feuilles de palmiers, ils buvaient des bières, et quand le soleil a plongé dans la mer, ils ont commencé à jouer de la ravane. Les filles se sont mises à danser, comme si elles portaient des jupes, mais elles étaient toutes en jean et en débardeur, pieds nus dans le gros sable. Le bruit des tambours roulait, résonnait sur les falaises, se mélangeait au ressac de la mer. Le feu brûlait fort, jetant vers le ciel des nuages d'étincelles. Maureez a pensé que nulle part au monde, ni même à Uppsala, elle n'aurait pu avoir une si belle fête. Les cendres rouges s'envolaient vers les étoiles, tombaient et remontaient dans le vent, et la ravane se mêlait à leur vol, et les cris des garçons éclataient, comme des oiseaux de nuit, répétaient les *a-ha ! a-ha ! a-ha !* pour soulever les pieds des danseurs. Maureez restait assise, les pieds nus dans le sable, à regarder les flammes qui ondulaient comme des femmes. Elle a pensé un instant à chanter son *Ave, Maria !* mais c'est la langue de Bella qui est sortie de sa gorge, pour la première fois ce n'était plus pour elle seule, c'était pour tout le monde, et Tomy pouvait peut-être l'entendre là où il était, de l'autre côté de la mer.

Le feu s'est éteint peu à peu, dans le brasillement des dernières brasses de palmes, les insectes ont cessé leur tourbillon. Maureez s'est allongée dans le sable humide, elle s'est laissée aller à son rêve éveillé, le long voyage de sa vie qui avait commencé, de ville en ville, de chanson en chanson. Elle a serré la main de Bonhomme à côté d'elle, la tête sur la ravane comme sur un oreiller, elle n'a pas eu besoin de le regarder pour savoir qu'il dormait déjà.

CHEMIN LUMINEUX

Elle marche. Cela fait des jours, des semaines, des mois. Elle tient la main de Juan dans la sienne, serrée très fort, comme s'il allait s'échapper. Mais il ne cherche pas à s'enfuir. Au début, peut-être, quand ils descendaient la route vers la côte, il s'est retourné une ou deux fois, pour regarder. Entre les collines, le campement des frères Palomino, là où sont enfermés les enfants esclaves. « Viens, qu'est-ce que tu veux ? Tu ne les verras plus jamais. » Est-ce qu'il comprend ce que cela veut dire « plus jamais » ? Il a cet air apeuré, une vilaine grimace, comme s'il allait pleurer. À neuf ans, un garçon ne doit pas pleurer, c'est ce qu'elle pense. Elle ne le dit pas, parce qu'il ne comprend pas. Il est né comme ça, sans savoir ce que veulent dire les mots. Il dit seulement « Ha ! Haha ! » ou quand il est content « Babu ! », ça ne veut rien dire. C'est bien qu'il ne parle pas. Peut-être qu'il ne connaît que la langue de son village, la langue asháninka. Chuche est sûre que s'il parle, il dira des bêtises. Ils se feront prendre. Dans le camp, Juanico s'occupe des animaux de la ferme, les cochons et les dindons. Il vit, il mange et il dort avec les chiens, et c'est pourquoi il connaît leur langue. Il dit comme eux. « Ha ! Haha ! » Quand on l'interroge, il répond dans la langue des chiens, « Haha », et les gens ça les fait rire, ils tapent leur front avec la paume de la main. Ils ont pris la route du Nord, Chuche se souvient que c'est cette route qu'a suivie sa tante Cilia, quand elle a quitté le village de Huayllaga. Elle n'a plus donné de nouvelles, et tout le monde a pensé qu'elle était arrivée là-bas, de l'autre côté. Ou bien elle est morte, et c'est pareil. Alors ils marchent tous les jours, sans s'arrêter. Ils mangent ce qu'ils trouvent, ce qu'on leur donne. Les miettes tombées des tables dans les marchés. On leur envoie des bouts de pain, on les arrose avec les louches de bouillon. Ils passent, ils se glissent entre les jambes, ils esquivent les coups, les bras, les mains, ils ne regardent jamais dans les yeux. Les yeux sont dangereux, si Chuche regarde les yeux, elle tombe dans le piège. Elle marche, elle court et puis elle marche, toujours la main de Juanico dans la sienne. Ils s'échappent. Ils passent les routes, les ponts, les rivières. Ils traversent les frontières. La dernière frontière, c'était à Palomas, et ils ont été pris. La Migra les a arrêtés dans le fond de la camionnette, ils ont mis les menottes en plastique à Chuche, mais à Juanico ils n'ont rien fait, parce qu'il rit et il crie : « Babu ! » Ils ont dormi par terre, sur le ciment taché de pisse, avec les autres enfants, enfermés dans une cage. Le matin on leur a donné du café et du pain Bimbo. Mais pour Chuche ça n'était rien du tout. À Huayllaga, elle s'est sauvée du camp où elle était enfermée avec les autres enfants, elle s'est aplatie par terre et elle a rampé dans la boue jusqu'à la forêt, elle a couru jusqu'au fond de la vallée. En bas, elle a rencontré le garçon qui errait tout seul, elle l'a pris par la main et ils ont descendu la rivière, en se cachant dans les roseaux. Comme maintenant elle marche dans la rivière, à l'aube, quand tout le monde dort encore. Il y a une heure elle a croisé la route d'un petit groupe d'hommes, elle n'a pas eu le temps de se cacher. Ils se sont arrêtés, ils lui ont parlé dans une langue qu'elle ne comprend pas. Elle est restée debout devant eux, sans bouger, toujours en serrant la main de Juanico. Lui, a dit comme toujours : « Haha ! » Elle a reconnu un des hommes, le lieutenant des frères Palomino, un type un peu maigre avec des sourcils en broussaille et des yeux très verts. On l'appelle Camarade Felipe, mais son surnom c'est Pico, à cause de ses cheveux roux, de la couleur de la sauce. Il l'a violée chaque jour, il disait que Chuche c'était sa petite fiancée, elle reconnaît bien son visage et ses yeux, elle ne peut pas oublier son regard quand il vient vers elle dans le dortoir des enfants et qu'il la prend par le bras, et elle marche lentement vers la sortie, jusqu'à la cabane où on entasse les feuilles de coca, et là il la prend brutalement, sans dire un mot, et il la ramène ensuite, et les autres enfants ne bougent pas, ils font comme s'ils n'avaient rien entendu. Un jour, il l'a regardée, il a mis la main sur son ventre :

« Il y a quelque chose là-dedans ? »

« Je sais pas » a dit Chuche.

« Je sais pas, je sais pas, c'est tout ce que tu peux dire ? »

Il a dit aussi : « C'est bien, tout ce que tu nous donnes, on le prend. »

Et puis : « Tu n'en parleras à personne, hein ? »

Chuche sait qu'il a peur des frères Palomino, si on apprend que Pico couche avec une fille, on va lui donner une raclée, et on l'enverra ailleurs, là où il y a la guerre. Elle sait bien qu'il y a des filles qui ont eu des bébés, au camp, et maintenant ce sont des esclaves. C'est comme ça qu'elle a décidé de s'enfuir.

Elle regarde l'homme, elle sent son cœur qui bat dans son cou, elle n'arrive plus à respirer. Peut-être que ce n'est pas lui, comment il pourrait être déjà ici, de l'autre côté ? Après cela, les hommes s'éloignent. Pendant un instant, Chuche ne peut plus avancer, ses genoux tremblent, elle vomit d'un seul coup par terre, Juanico la regarde sans bouger. Elle s'essuie la bouche avec la main, elle recommence à marcher le long du fleuve. Elle pense que ces hommes vont les ramener au camp de la montagne, pour les faire travailler dans les champs de coca. Elle pense que tout pourrait recommencer. Pico l'emmènera dans la cuisine, il la poussera dans le tas de feuilles. Les hommes sont partis, ils ont descendu la rivière, ils ne se sont même pas retournés. Chuche serre la main de Juan, elle imagine que c'est grâce à lui que ces hommes ne se sont pas arrêtés, parce qu'ils ont vu que Juanico est un Indien. Il n'est bon à rien, juste à nourrir les cochons et aboyer avec les chiens. Les guerriers de Huayllaga ne pourraient pas le mettre à travailler. La Migra ne s'en est même pas aperçue quand Chuche et le garçon se sont glissés sous le grillage de la cage, à l'endroit où passe le tuyau des latrines. Il faut être très petit, très mince et très agile, et c'est ce qu'ils sont, Chuche et Juanico. Agiles comme des lézards. Maintenant, elle a du mal à se glisser sous les grillages, parce que son ventre s'est bien arrondi. Quand elle marche, ça la tire en avant, ça fait du bruit comme une outre remplie d'eau. Quand ils ont trop faim, ils mâchent des feuilles de coca. Ils boivent l'eau du fleuve. Chuche cache les paquets de feuilles sous son pull, elle sent la chaleur des feuilles sur sa peau, c'est bien parce qu'il fait froid. Le ciel à midi est d'un bleu magnifique, au-dessus de la vallée, au-dessus des collines pierreuses. Il n'y a personne sur le rivage. Ça ne ressemble pas du tout à la vallée de l'Apurímac.

Le matin, hier, ou avant, les enfants ont croisé la route d'un coyote, l'animal avançait en sautillant sur les pierres, il s'est arrêté pour les regarder, et puis il a continué son chemin. Juanico a crié : « Ba-bu-baa ! » comme toujours quand il est heureux. Ça ne veut rien dire dans aucune langue, mais Chuche aime bien quand il crie, ça lui fait croire que tout va bien, qu'il n'y a plus de danger.

Il a compris que Chuche attend un bébé, la nuit il pose sa tête contre son ventre pour écouter. Qu'est-ce qu'il entend ? Chuche se demande s'il peut comprendre le langage des bébés quand ils sont encore dans le ventre de leur maman. Ça doit être un langage très doux parce que Juanico reste longtemps à écouter, puis il s'endort, et Chuche passe ses doigts dans ses cheveux bouclés.

Elle lui chantonne la comptine que lui chantait sa tante quand elle était petite,

Van van los inditos de San Juan
Piden pan y no les dan
Piden queso les dan hueso

Quand elle chante le bébé cesse de bouger dans son ventre, et à Juanico ça doit bien lui plaire aussi, parce qu'il ronronne en faisant de temps en temps son « Haha ! ». Dans la cage de la Migra, des hommes sont venus pour poser des questions, mais Chuche n'a pas répondu. Ils ont parlé entre eux dans leur langue en regardant le garçon et la fille, ensuite ils sont allés chercher la femme en uniforme. Chuche sait qu'il ne faut rien dire. Quand elle a quitté le camp de Huayllaga, elle a jeté tous ses papiers, sa carte d'identité et même l'argent que lui avait donné Pico quand il couchait avec elle. Il faut voyager propre, si on ne veut pas être pris. Avant que les guerriers ne l'enlèvent, avec les autres enfants du village, sa cousine Ana lui avait expliqué tout cela. Maintenant c'est une femme qui vient les voir, elle est grosse et laide mais elle a l'air gentil, pourtant Chuche sait bien qu'il ne faut pas s'y fier. Elle pose des questions, elle a un accent bizarre, Chuche ne peut pas faire comme si elle ne comprenait pas.

« Vous êtes d'où, les enfants ? »

Chuche hausse les épaules. « De là-bas. » Elle montre l'autre côté de la route.

« Comment tu t'appelles ? Et lui, c'est qui ? »

« María » dit Chuche. « Lui c'est mon frère, il s'appelle Babu. »

« Babu ! » répète le garçon.

Elle hoche la tête. « Et vous êtes d'où les enfants ? C'est quoi votre village ? »

« C'est San Juan » dit Chuche. À cause de la chanson.

La femme crie presque : « San Juan ? Vous êtes de Porto Rico ? »

« Je sais pas » dit Chuche.

« Et vos parents, ils sont où ? »

« Je sais pas » dit Chuche.

« Il y a quelqu'un qui vous attend ici ? »

« Il y a ma cousine Ana » dit Chuche.

« Elle est où ta cousine ? Dans quelle ville ? »

« Je sais pas » dit Chuche.

La policière les regarde comme si elle pensait à autre chose. À la fin, elle se relève, elle essuie la poussière sur son pantalon d'uniforme.

« Demain on s'occupera de vous. On va vous apporter des couvertures et de quoi manger. »

Elle revient un instant plus tard avec une bouteille de Coca et des sandwiches.

Le garçon boit en premier, puis il essuie le goulot et il donne la bouteille à Chuche.

La femme les observe. Elle a un visage triste. Elle dit encore : « María. Demain on vous emmène au centre. Si tu as le numéro de téléphone, on appellera ta cousine. »

Elle se penche vers Chuche comme si elle allait la toucher, et Chuche recule. Elle dit à voix basse : « Si c'est pour ça que tu t'es sauvée de chez toi, c'est une mauvaise décision. »

Elle parle du ventre rond de Chuche. Chuche tire sa chemise par-dessus son ventre. Elle ne regarde pas la femme dans les yeux. Elle regarde plutôt le bout de ses pieds, ses baskets esquintées par la route. Le garçon est assis derrière elle, il balance son buste en avant et en arrière, comme sur une balançoire. Il fait toujours ça quand il est inquiet.

« À demain » dit la femme.

C'est cette nuit qu'ils devront s'échapper de la cage. Sinon on les renverra au campement à Huayllaga, et on les rendra aux guerriers. On la rendra à Pico. Plutôt mourir.

La vallée du grand fleuve est solitaire. Il y a de la neige sur les collines, au loin. Avant le coucher du soleil, la neige brille d'un éclat rose, les enfants se sont arrêtés pour regarder. Juanico n'a jamais vu la neige, dans son village du côté de Tambo, il ne neige pas. Chuche pense qu'il va faire froid cette nuit, ils n'ont pas de vêtements chauds. Elle cherche un coin pour la nuit, un ravin au bord du fleuve. Ils s'enterrent dans le sable. Ils se serrent bien l'un contre l'autre, Juanico pose toujours son oreille sur le ventre de Chuche, pour écouter le bébé. Peut-être qu'il va apprendre la langue des bébés, avant la naissance. Peut-être qu'avant de naître les bébés connaissent la langue des Asháninka.

Chuche a dormi un peu, puis elle se réveille. Elle entend un bruit effrayant, des pas qui avancent dans le gravier du rivage, des pas lourds d'hommes chaussés de gros souliers de l'armée, elle pense que c'est la troupe des frères Palomino qui est à leur recherche. Elle ne bouge pas dans son lit de terre, elle tient très fort la main de Juanico, s'il crie les guerriers viendront les prendre, ils les battront et les mettront dans des sacs pour les ramener au camp. Ils ne parlent pas. Ils sont passés si près que Chuche sent leur odeur, une odeur de sueur et de cigarette. Ensuite les pas s'éloignent, remontent le cours du fleuve, et Chuche pense que ce sont des fuyards comme eux, ils ont traversé la frontière par le désert et ils marchent vers le nord. Juanico a les yeux ouverts, mais il n'a pas crié, il n'a rien dit. Les enfants restent éveillés jusqu'à l'aube.

La nuit est très claire, avec les millions d'étoiles. C'est comme cela quand il fait froid, les étoiles brillent plus fort. Au campement, à Huayllaga, on ne voyait pas les étoiles. Il y avait de la brume sur l'Apurímac, et les prisonniers n'avaient pas le droit de sortir la nuit. La maison commune avait un grand toit de tôle ondulée recouvert avec des bâches pour ne pas être repérée par les avions. Il n'y avait pas de lumières. Les guerriers éteignaient les lampes dans les ateliers. Il y avait toujours un guerrier debout à l'entrée, quand il tirait sur son cigare ça faisait une petite lueur. Chuche sait que la petite lueur rouge de la cigarette c'est pour dire aux prisonniers, Je vous vois, je ne dors pas, je vous surveille.

À l'aube, Juanico réveille Chuche. Il ne dit rien, il est immobile, assis au bord du ravin. Son visage sombre brille à la lumière du soleil levant. Devant lui, sur le sable du fleuve, deux loups gris chassent un lièvre. Ils sont chacun à un bout de la plage, quand l'un bouge l'autre se tapit par terre et attend, le lièvre détale, traverse en zigzaguant, s'arrête avec ses longues oreilles dressées, puis repart.

L'autre loup prend le relais et poursuit la chasse, et peu à peu ils se rapprochent de leur proie. Juanico et Chuche sont immobiles à regarder, ils ne bougent pas, ils respirent à peine, ils n'ont jamais rien vu de plus beau. La danse des loups continue encore, chaque mouvement les rapproche à tour de rôle du lièvre. Au dernier instant ils fondent sur leur proie d'un même élan, il y a un petit cri quand un des loups brise la nuque du lièvre, et les grognements de colère lorsqu'ils le déchirent en morceaux. Chuche se lève lentement, elle prend Juanico par la main, ensemble ils reculent vers le haut du ravin. Les loups ont entendu, ils s'arrêtent de manger, ils redressent leurs oreilles et regardent dans la direction des enfants. C'est un instant étrange, de sauvagerie, de violence cruelle dans le silence de la vallée. Pourtant Chuche ne ressent aucune peur, comme si les loups étaient de leur côté, non pas des ennemis comme les guerriers ou les policiers de la frontière, et qu'ils partageaient cet instant avec eux, au bord du grand fleuve, qu'ils acceptaient leur passage. Alors les enfants marchent vaillamment vers le nord, loin de leur détresse passée, loin du camp des assassins. La vallée va droit vers le bleu du ciel comme une route éternelle.

Dans un recoin de la montagne, ils s'arrêtent pour s'abriter du soleil. C'est une sorte de plaine sèche, occupée en son centre par une ruine en pisé, une vieille ferme abandonnée entourée de cactus cierges. Dans la ruine, il y a les restes des gens de passage, des haillons, des papiers, des boîtes rouillées. Peut-être que la maison sert d'abri aux voyageurs comme eux, c'est ce que pense Chuche, elle reste sur le seuil de la maison, elle hésite à entrer à cause des scorpions ou des serpents. Mais Juanico est un Indien de la forêt, un Ashéninka du Río Juruá, il n'a peur de rien.

Qu'est-ce que tu fais ? Qu'est-ce que tu veux faire ? Où est-ce que tu vas ?

Chuche regarde Juanico qui ramasse les scories et les entasse au-dehors. Puis il choisit un cierge, et sur les branches épineuses il accroche des morceaux de papier, des bouts de chiffons, des boîtes et des bouteilles vides. Il tourne autour du cactus en dansant, il aboie, il jette des cris, son visage sombre est éclairé par un sourire. Avec sa chemise brune déchirée, ses pieds nus dans des sandales de plastique, il semble un épouvantail en mouvement. Il rit tout seul, jette des cailloux sur la maison, et continue de décorer l'arbre, et tout à coup Chuche comprend, elle aussi se met à danser autour du cactus, elle apporte d'autres bouts de papier, des restes de paquets de biscuits, des morceaux de métal rouillé, elle les accroche aux branches épineuses, elle aussi crie « Ha haoua ! » comme si c'étaient des mots d'une langue, qu'elle aurait enfin apprise.

Longtemps les enfants dansent au soleil, autour du cactus habillé de ses haillons, ils rient et ils chantent, ils aboient et même Chuche clame à son tour « Ba-bu ! » dans la langue de Juanico. À la fin ils sont assis par terre, enlacés, Chuche sent l'odeur de sueur du garçon, elle l'embrasse et le tient serré si fort qu'il ne peut pas respirer. C'est la première fois depuis longtemps qu'elle se sent heureuse. Il y a longtemps, au village dans l'Apurímac, avant que les guerriers n'arrivent, pour fêter Noël les gens ont suspendu des têtes de bébés en carton dans les rues, ils ont fait exploser des pétards et allumé des feux dans la nuit. Elle s'en souvient maintenant. C'est pour cela qu'elle a décoré le cactus cierge dans la vallée solitaire, un arbre de fête, mais c'est aussi un épouvantail à chasser les monstres. Pour que les guerriers ne reviennent jamais.

Ce soir ils feront un grand festin de figues de Barbarie, cueillies sur la haie de cactus derrière la vieille baraque.

Après le pont, le fleuve s'élargit en plusieurs bras, dans un pays de roseaux et de broussailles. Juanico a eu très peur du bruit quand ils ont marché sous l'autoroute, il s'est caché dans les buissons et Chuche a dû attendre jusqu'à la nuit pour qu'il accepte de continuer. C'est peut-être la faim, ou bien la fièvre, qui le rend aussi faible. Il s'est allongé au bord de l'eau, loin de la route. De grands oiseaux blancs se sont posés dans le marais, sous le ciel du crépuscule. Ils ont dansé dans l'eau en écartant leurs ailes, en poussant leurs cris stridents, *grua, grua !* Les vols de canards traversent en cancanant. Dans les tanières des poules d'eau, Chuche ramasse des œufs qu'ils gobent jusqu'à en être rassasiés. Ensuite elle prépare des couches dans l'herbe, et ils dorment enlacés jusqu'au petit matin. Quand elle sent les frissons qui traversent son corps, Chuche serre Juanico contre elle, elle chantonne sa chanson, *Van van los inditos de San Juan…* Elle pense que le garçon peut mourir, là, maintenant, au bout du voyage, loin de tout ce qu'il connaît, loin de ses parents, de ses frères et de ses sœurs. Loin de son village du Río Juruá. Elle ne sait même pas son vrai nom, dans sa langue, elle ne connaît que le surnom que les guerriers lui ont donné, Juan Juanico, un nom pour les Inditos.

L'aube est venue, avec le brouillard sur le fleuve. Pour ne pas avoir froid, ils ont recommencé à marcher à travers les marais, jusqu'à la grande courbe entre les montagnes. Maintenant l'autoroute est plus proche. Pour ne pas être aperçus par les guerriers, les enfants marchent courbés comme des petits vieux, la tête rentrée entre les épaules. Ils titubent sur les pierres aiguës.

Plusieurs fois Juanico est tombé, son pantalon déchiré s'est taché de sang. Il n'a plus le visage innocent d'autrefois. Sa bouche s'est fermée dans une grimace d'obstination et de colère. Chuche l'a aidé à se relever, elle voudrait lui dire, Marche, marche, on y sera bientôt, ce sera merveilleux, Ana nous attend dans sa maison, elle nous donnera beaucoup à manger, elle nous invitera chez elle et nous dormirons dans de bonnes couvertures, dans un bon lit. Elle se doute bien qu'il ne comprend pas ce qu'elle dit, mais c'est un peu pour elle-même qu'elle répète ces mots, qu'elle invente la suite de la chanson cruelle des Inditos de San Juan. *Van van*, on ne nous donnera pas des os, on nous donnera du fromage, et du pain, beaucoup de pain blanc et doux, et c'est pour ça qu'il faut marcher, allez, allez, *Van van*… Au bout du jour, au bout de la vallée étroite, il y a ce village, couleur de terre, agroupé autour d'une église comme les poussins autour de leur mère. Chuche dit : « C'est ici, on arrive. » Juanico la regarde d'un air hébété, il marche en tremblant sur ses jambes débiles. Sa bouche entrouverte laisse passer un souffle sifflant. Ils attendent dans les fourrés, au bord du fleuve. Dans le village personne ne bouge, il n'y a pas de voix, pas de cris. Puis quelque part dans le village les chiens ont senti les inconnus qui arrivent, ils se mettent à aboyer, des aboiements aigus entrecoupés de hurlements. Alors, en les entendant, tout à coup Juanico n'a plus peur. Il se lève, à son tour il répond en aboyant, comme il faisait là-bas, dans l'Apurímac, pour parler aux chiens des guerriers.

Le vieil homme a entendu les aboiements. Il descend la pente vers le fleuve, accompagné par ses chiens. « *Hush, hush* », il essaie de les calmer mais les aboiements qui viennent d'en bas les excitent encore davantage. L'homme s'est armé de son bâton. Il est suivi de loin par quelques gosses du village, excités eux aussi comme les chiens, et peureux comme eux.

En bas de la colline il arrive à une plage au bord du fleuve. Sur la plage, devant lui, il y a deux figures de fantômes, gris, hâves, brûlés par le soleil et par la fièvre, les yeux rougis par le froid, leurs cheveux noirs emmêlés d'épines.

Le vieil homme s'arrête devant eux, la main au-dessus des yeux pour ne pas être ébloui par le soleil couchant. Il parle aux enfants doucement, sa voix est un peu rauque et gutturale, il parle dans une langue que Chuche ne comprend pas, il parle en espagnol et elle comprend ce qu'il dit. Il ne pose pas de questions, il ne demande pas qui ils sont ni ce qu'ils veulent, comme font les policiers de la Migra. Il dit seulement, Venez avec moi. Venez jusqu'au village, nous vous attendons. Les chiens se sont tus, ils sont couchés dans la poussière, et les gosses du village restent sans parler. Ils sont habillés de vêtements propres et neufs, ils ont les cheveux coupés court, certains ont des casquettes. Quand le vieil homme se retourne, ils repartent vers le haut de la colline suivis par les chiens. Chuche et Juanico n'ont rien dit non plus. Maintenant ils suivent le vieil homme sur le chemin, vers le haut, vers l'église qui brille au soleil couchant. À côté de l'église, c'est la maison du vieil homme, quand ils arrivent une femme sort et accueille les enfants. Pour eux elle prépare à manger, de la bouillie de maïs et des haricots, et de gros morceaux de pain qu'elle casse dans la miche. Ensuite ils se lavent la figure dans un seau d'eau froide, et la femme peigne les cheveux emmêlés de Chuche. Il faut qu'ils soient présentables pour la première nuit au village. Ils ne doivent pas ressembler à des sauvages.

Quand la nuit tombe, ils marchent tous ensemble, le vieux, sa femme et les deux enfants, sur le chemin lumineux qui conduit à l'église, la rue est bordée de chaque côté par des lampes faites de sacs en papier remplis de terre dans lesquels sont plantées des bougies. Les lumières tremblent de tous les côtés, dans les rues du village, le long des murs de pisé, en haut de l'église, devant la porte, et ça fait une route multiple qui éclaire tout le village pour cette nuit de Noël. En suivant le vieil homme, les enfants entrent dans l'église. À l'intérieur, les bancs sont vides. À droite de l'autel, il y a la statue de Kateri Tekakwitha, celle qu'on appelle le Lys des Mohawk, la mère de tous les Indiens d'Amérique. Les fleurs de lys et les arums sont déposés aux pieds de la sainte, les bougies brûlent avec une odeur d'encens. Chuche s'est agenouillée devant la statue, plutôt elle s'est assise sur ses talons, ses mains posées de chaque côté de son ventre, pour sentir les mouvements du bébé. C'est la fin de la route, ici, dans le village au bord du fleuve. Elle sait qu'elle n'aura plus à se cacher, qu'elle ne répondra plus jamais aux questions des gardes et des policiers. Ici son enfant pourra venir au monde, entouré de lumières. Le vieil homme revient avec quelques femmes du village, il apporte une assiette de gruau de maïs, et des tranches de pain. Il n'y a pas de fromage, comme dans la chanson, mais des fruits, de la papaye, des figues de Barbarie, et aussi des biscuits Salty dans leur papier cellophane. La nuit est tombée lentement, et petit à petit les gens du village sont venus, ils entrent dans l'église, certains touchent même la tête des visiteurs et déposent à manger au pied de la statue, comme une offrande. Les chants ont commencé doucement, un bourdonnement d'abeilles, un concert d'oiseaux. Juanico et Chuche sont assis par terre devant la statue de Kateri, c'est une grande femme mince, vêtue d'une robe à franges comme les Indiennes du Nord, un bandeau autour de la tête, les cheveux nattés, elle sourit mystérieusement. Et c'est vrai, c'est ce que contera plus tard le vieil homme qui a recueilli les enfants au bord du fleuve, c'est vrai que les esclaves échappés de l'Apurímac lui ressemblent.

LA PICHANCHA

Ce texte a paru en 2003 dans le recueil d'Amnesty International *Nouvelles pour la liberté* sous le titre « Rats de rue ».

« Nos grands-pères et nos grands-mères ont fait le mal en le sachant, sans doute encore plus que nous. Mais ils n'ont pas cherché à lui donner comme nous l'apparence de la morale. Ils n'ont jamais déguisé leurs mauvaises actions avec les habits de la vertu. »

Florence Nightingale

Nogales, octobre 2002

Juan, Martín, Cecilia, Lupe, Chabela, Toño, Miguel, el Pelón, el Chino, Pancho, la Nutria, Cabezón, Bravo, Aguirre, Leti, Jabi, Yoni, el Perro, el Gato, la Rata, Piña, Mano, Chepo… Ce sont quelques-uns des gamins de la bande du collecteur numéro 74, sur l'avenue du 16-Septembre. Ils ont entre sept et quinze ans, le plus âgé c'est Manuel Racimo, dit Mano, qui vit dans sa famille, le plus rapide c'est el Gato, le plus sournois, le plus violent c'est Bravo, on dit même qu'à treize ans il a déjà tué un homme, un adulte qui voulait le baiser au fond d'un tunnel, il a un couteau à ressort et cran d'arrêt. Il y a aussi les filles, la Nutria qui est un peu demeurée, il lui manque les dents de devant parce que son père la bat, Chabela, Lupe, Cecilia, à peu près douze ans, elles traînent sur l'avenue au lieu d'aller à l'école, avec leurs robes en loques, elles piègent les touristes pour leur faire les poches, l'une attire le vieux vicieux dans un coin sombre et les deux autres lui tombent dessus et lui prennent tout ce qu'il a. La plus jolie, c'est Piña, à quatorze ans elle a déjà l'air d'une femme, avec sa poitrine haute et ses fesses moulées dans un pantalon de vinyle noir acheté en contrebande. Mano est dealer et contrebandier, c'est lui son homme officiellement, tout le monde le sait, même les gosses des bandes rivales du marché, ou de la 5-Mai.

Depuis deux mois, Piña a le ventre qui s'arrondit et ça n'est un mystère pour personne qu'elle attend un bébé de Mano, même si elle n'en parle pas et fait comme si ça n'était pas vrai, pourtant elle a déjà vomi plusieurs fois, et Mano lui non plus ne dit rien, il est probable qu'il ne s'en occupera pas, du bébé. Chepo, un jour qu'elle pleurait, a posé sa tête contre le ventre de Piña, comme si elle était sa sœur. Il a dit : « Je l'entends, tu sais, c'est vrai, j'entends son cœur qui bat. » Et Piña lui a caressé la tête.

Le plus fou de tous c'est Chepo. Il porte ce nom parce que depuis qu'il est tout petit il a pris l'habitude de la colle. Il marche avec un sac de papier dans lequel il cache la colle à ciment. Il est long et mince pour ses douze ans, avec de beaux yeux noirs entourés d'un cerne bleu, il est pâle et il ne sourit jamais. Quand il a de la colle, il est un vrai *chepo*, il est vif et rapide, il court vite et sa langue pique et mord. Autrement il est triste et morose.

C'est lui, Chepo, qui sait quand on peut passer. Deux fois par mois, et plus quand la saison des pluies s'achève, comme c'est le cas en ce moment, les gringos ouvrent les vannes pour nettoyer les égouts. Du côté mexicain, il n'y a pas de problème. Il y a longtemps que les grilles n'existent plus. De l'autre côté de la frontière, les grilles sont normalement fermées avec des cadenas.

« Allez, on va passer, qui vient avec moi ? » Chepo danse d'impatience. La bouche des égouts est en contrebas de l'avenue, comme l'entrée d'une caverne, entre deux *ahuehuetes*.

« C'est pas ouvert » dit quelqu'un. Beto. Chepo zigzague avec son sac de colle. « Moi je dis que c'est ouvert. J'y suis allé cette nuit. » Il n'y a que lui qui ose circuler dans l'étroit boyau en pleine nuit, à croire que ses yeux brasillent comme ceux des chats.

« Pas vrai ! »

« Vrai, *puto* ! »

Chepo ne se bat jamais. Il glisse comme une anguille. L'un après l'autre, les gosses s'enfilent dans la galerie. Dehors il fait grand jour, le soleil brûle sur la poussière, les voitures s'embouteillent sur l'avenue, dans la direction du poste-frontière. Les filles sont restées, et Mano aussi, il dit qu'il n'a pas besoin de passer par les égouts pour aller de l'autre côté, il connaît des policiers qui lui font traverser la frontière. En réalité, il a toujours eu peur des égouts, de rester coincé sous terre. Il s'est assis sur une pierre devant l'entrée et il les regarde partir. Piña est à côté de lui, elle fume d'un air indifférent, elle dit toujours : « Moi, si je passe de l'autre côté, je ne reviens plus jamais par ici. » Avant le départ, le vieil Augustin Saucedo a confié une commission à Chepo, avec un billet de vingt dollars : « Trouve-moi une bonne *pichancha*, une crépine pour mon puits, ici elles ne valent rien. » Il a dessiné le modèle sur un bout de papier. « Une *pichancha* neuve en laiton, pas en plastique. »

Dans le boyau étroit, Chepo rampe en tête, sans s'arrêter. Il rampe d'un mouvement continu, les coudes au corps, comme s'il nageait. Sous terre le noir est absolu, il ne perçoit rien d'autre que le bruit des avant-bras et des pieds qui raclent, comme un grignotement de bête. Les souffles oppressés, un peu sifflants. Derrière, les autres ont du mal à suivre. Ils crient « O-Che-po ! » avec des voix ténues, plaintives. Chepo gratte une allumette, juste un éclat de lumière rouge, deux ou trois secondes, qui s'éteint à cause du manque d'oxygène. Derrière, el Gato, la Rata, Aguirre, el Pelón, Yoni, Bravo, Cabezón, Beto, pour eux l'éclat de l'allumette est comme un phare qui leur donne du courage. Ils se hâtent, ils écorchent leurs coudes et leurs genoux, ils se plaignent toujours. « O-Chep-poo ! »

Lui se met en colère, les insulte de sa voix nasillarde, en plaçant sa main devant sa bouche pour renvoyer le son en arrière, et ça réveille les échos dans toutes les canalisations, peut-être même de petites chutes de terre entre les joints rongés. « *Putos, maricones, pajeros !* » Là, à six mètres sous terre, loin des rues et des routes, avec l'odeur de soufre et de merde, peut-être qu'il n'y a plus que ces mots-là, ces mots et rien d'autre.

Il sait qu'il est passé de l'autre côté quand ça devient silencieux. L'espèce de grondement continu de la surface s'est éteint. On commence même à y voir un peu clair : une lueur grise qui descend en biais des bouches d'égout. « Chepo ! On est arrivés ? On y va ? » Les gosses sont toujours prêts à sortir par le premier trou. Ils voient un peu de lumière, il faut qu'ils se précipitent ! Alors ils sortent la tête à vingt mètres du mur, en pleine ville. Ils n'ont plus qu'à se laisser capturer comme des chiens errants.

Chepo ne répond pas. Il continue d'avancer, les yeux plissés à cause des racines, un caillou tranchant à la main. La dernière fois, il a rencontré un couple de ratons laveurs, il a dû se battre contre la femelle qui lui a arraché un lambeau de peau sur l'avant-bras.

Maintenant, l'odeur de merde est plus violente, âcre, elle fait tousser. À la lumière grise qui envahit la canalisation, Chepo devine qu'il approche du parc. Les racines des arbres envahissent le passage, il y a aussi des flaques croupies, de l'huile noire.

Chepo s'arrête, il cherche à entendre le bruit des enfants derrière lui. À cet endroit la canalisation est plus large, fermée par une voûte ancienne de briques sombres. Il se retourne à quatre pattes, il scrute la pénombre. « Ohé, où vous êtes ?! » Seule la voix de Bravo répond, assez loin, enrouée. Il semble que personne d'autre n'a suivi. Les autres ont dû sortir à la première bouche. Chepo a un grognement de dégoût. « *Putos niños !* » Il pense qu'ils ont déjà été pris par la police, menottés et poussés sans ménagement dans la fameuse combi bleue. Ils vont geindre et se plaindre. Tout ce mal pour rien ! À Bravo qui s'approche, il donne la dernière indication : « La prochaine c'est bon. » Et il ne l'attend pas.

Il voit la lumière du soleil. Il est arrivé au grand parc à l'est de la ville, loin de la route. Chaque fois qu'il arrive à cet endroit, il a le cœur qui bat. Il respire à fond l'air du dehors, il hume l'odeur sucrée des cotonniers, l'herbe coupée, les fleurs. L'odeur de l'eau. Ici, on n'a pas besoin de la pluie. Chaque matin, vers six heures, les vannes s'ouvrent et dispersent une douce rosée. Il écoute aussi le bruit des voix, des enfants qui jouent, des cris, des rires. Même les voix des adultes font de la musique, elles parlent dans leur langue mystérieuse et glissante. Rien à voir avec les voix des gens du secteur 74, avec les cris éraillés des gosses là-bas, les bruits stridents des camions sur la 16-Septembre. C'est peut-être la poussière qui en est la cause, de l'autre côté elle s'élève et retombe, elle crisse et grince, elle fait mal aux yeux. Elle fait étouffer les bébés dans leur lit, et au matin quand on entre dans la chambre ils sont tout froids et gris avec les yeux ouverts sur la mort.

Alors Chepo rampe vers la sortie. D'un seul coup il est à l'air libre, devant le parc. Sous le ciel bleu d'encre, les grands arbres ont l'air de géants irréels. Le vent chaud fait tournoyer leurs petites feuilles, certaines ont déjà commencé à jaunir. Ce sont des arbres comme on n'en voit jamais de l'autre côté. Là-bas, il n'y a que des acacias brûlés, avec leurs poignées d'aiguilles blanches, des magnolias taillés en parapluies ridicules sur la place du centre.

C'est trois heures de l'après-midi. Les écoliers arrivent, par petits groupes, des enfants vêtus d'habits colorés, portant des casquettes neuves. Mais ce sont leurs baskets que Chepo regarde avec envie. Des baskets propres, décorées de bleu et de rouge, avec des bulles lumineuses dans les semelles.

Les enfants marchent dans l'herbe à côté de Chepo sans le voir. Ils vont vers les terrains de jeux, vers les maisons en rondins, les ponts, les cordes. Chepo s'est assis dans l'herbe, à l'ombre d'un arbre, il les regarde. Dans la poche de son pantalon déchiré, il y a la commande du vieil Augustin, le bout de papier froissé et le billet de vingt dollars. Chepo a complètement oublié la *pichancha*. Il regarde les enfants qui jouent devant lui en rêvassant. Il regarde leurs baskets si belles, si rebondissantes. Il y a bien les vingt dollars d'Augustin, mais il faudrait cinq fois plus pour se payer des baskets comme celles-là. Et puis Chepo aime bien Augustin. Bien qu'il ne soit rien pour lui, il l'appelle « grand-père ». Il n'aimerait pas faucher vingt dollars à son grand-père.

Dans les rues surchauffées du centre, les gamins courent comme les rats qu'ils sont. El Gato en tête, Aguirre, Yoni, Beto, et à l'arrière, la Rata. Le rendez-vous est à six heures, avant la nuit, devant la même bouche d'égout. C'est l'heure où les camionnettes de la Migra interrompent leur ronde pour le dîner.

Ils ont commencé leurs chapardages. Rien de substantiel pour l'instant. Juste des biscuits et des chewing-gums dans les boutiques du centre, ils entrent à quatre et pendant qu'ils tournent dans les rayons, suivis par le propriétaire inquiet, el Gato fait main basse sur les confiseries. Du bricolage, Chepo les dédaigne pour cela. Puis ils détalent à travers les rues, poursuivis par les imprécations du marchand, moitié en mexicain moitié en gringo.

Quand ils ont suffisamment mangé, les gamins décident de changer de quartier. El Gato connaît la ville comme sa poche. Ils arrivent bientôt dans les quartiers résidentiels, maisons basses et pelouses tirées au cordeau. C'est l'heure de l'arrosage. Les sprinklers se sont déclenchés en même temps, ça fait un brouillard d'eau qui flotte dans le soleil. Les enfants courent le long des pelouses en zigzaguant, ils plongent à travers le frais nuage. Leurs cris aigus remplissent le quartier, des cris d'oiseaux qui parviennent à transpercer le ronronnement mou des climatiseurs. Enfermés derrière leurs grillages, les chiens deviennent fous. Et au même instant, dans cinquante maisons toutes portes et fenêtres fermées sur le dehors éblouissant et dangereux, cinquante téléphones composent le numéro de la police : « *Hello ? Street rats again ! Running all over ! Nine-one-one ! Nine-one-one !* »

Yoni passe en rase-mottes le long des vitres, les bras ouverts, la gorge émettant une stridulence aiguë dans le genre d'une alarme. De temps en temps il donne des coups de pied dans les portes, il shoote dans les saint François et les nains de jardin.

C'est une ivresse, ils ne peuvent pas s'arrêter, ils sont les plus rapides, les plus intelligents, les plus courageux. Speedy Gonzales n'est rien à côté d'eux. « *Ay ay ay ay ay ! Caramba carambazas !* »

Soudain une voiture les prend en chasse. Ce n'est pas la police. C'est un particulier, un type d'une cinquantaine d'années, un peu ordinaire, qui conduit un coupé Deville grenat. Peut-être qu'il habite par ici. Peut-être pas. Sa grosse voiture roule presque silencieusement dans les rues, elle suit les gamins, tourne à gauche, à droite. C'est el Gato qui a prévenu les autres, maintenant ils s'échappent comme ils peuvent. Ils s'engouffrent dans une allée derrière les maisons, un chemin de terre encombré de poubelles qui ressemble bien à leurs rues, de l'autre côté de la frontière.

Derrière les palissades en oreilles de chien, il y a un déferlement d'aboiements qui suit leur passage. La Cadillac ne va pas entrer ici. Mais apparemment le chauffeur connaît le quartier, il a fait le tour et il s'est arrêté à l'autre bout de l'allée. Il n'est pas descendu, au contraire il a remonté sa glace électrique. Il téléphone sur son mobile, et ça n'est pas difficile de comprendre. Il est en train de guider la police vers les gosses. Il ne fera rien lui-même. Les petits rats de Nogales n'ont pas bonne réputation. Même le plus petit d'entre eux est venimeux. Ils ont dans leurs poches des couteaux, des cutters. Il paraît même qu'ils cachent des lames de rasoir dans leur bouche.

Quand il comprend le danger, el Gato devient furieux. « *Vamos vamos manos !* » Tous ensemble ils chargent la voiture rouge en criant. Tout d'un coup, l'homme ne se sent plus à l'abri derrière sa glace, même avec le message enregistré de la police dans son oreille. Il baisse le levier des vitesses, il appuie sur le champignon, et le coupé Cadillac fait en avant le bond le plus spectaculaire de sa longue carrière. Les gosses courent un instant derrière lui en criant, Yoni et la Rata ont ramassé des cailloux et les jettent dans sa direction sans l'atteindre, car il est déjà au bout de la rue.

Bravo est à sa place dans le grand parc. C'est un endroit qu'il connaît bien. Il n'en a parlé à personne, ça fait des semaines, des mois qu'il vient ici, chaque fois qu'il peut traverser la frontière. D'abord il y a eu ce magazine, trouvé au hasard d'une station d'autobus dans la ville des gringos. Il avait emporté le magazine, et il en avait tourné machinalement les pages, assis à l'ombre dans le parc. C'était un endroit rêvé pour oublier tout, la peur, la colère, la faim. Il laissait traîner son regard sur les pages, sur les belles filles en maillot de bain, les belles maisons, les tables servies chargées de gâteaux et de fruits. Et soudain, juste devant lui, pas très loin, devant l'aire de jeux des petits, il avait vu une jeune fille. Elle devait avoir seize ou dix-sept ans, mais elle était grande et mince comme une femme, et ses cheveux étaient d'une couleur de feu comme il n'en avait jamais vu ailleurs que dans les magazines.

La jeune fille accompagnait deux petites filles d'à peu près cinq ans, assez brunes. Elle devait les garder pour la fin de l'après-midi. Bravo a regardé la jeune fille sans bouger, le cœur battant, presque horrifié de tant de beauté. À un moment, elle s'est retournée à demi, et ses yeux transparents, d'un bleu très pâle, se sont fixés sur Bravo, juste un bref instant, peut-être deux secondes, mais c'était comme si cela avait duré des heures. Dans la lumière douce sous les arbres, ses pupilles trouaient de deux clous noirs ses iris pâles, et sa chevelure rouge, bouclée, faisait autour d'elle un halo extravagant. Puis elle a esquissé un sourire, un sourire gentil, a pensé plus tard Bravo, mais lui n'a pas répondu parce qu'il était trop surpris, et même effrayé. Il est resté immobile, recroquevillé au pied de l'arbre, un Indien sombre au visage coupé au couteau, il entendait les battements accélérés de son cœur. Il regardait la jeune fille qui s'occupait des enfants, les poussait sur les balançoires.

Elle est restée un long moment dans le parc, jusqu'à ce que la lumière décline, et ça devait être l'heure du dîner parce que Bravo sentait l'odeur de la viande grillée qui montait de tous les barbecues du voisinage. Mais lui n'avait pas faim. Il avait tout oublié, même l'heure de retourner à la bouche d'égout.

Maintenant, chaque fois, il revient au parc. Quelquefois il attend jusqu'au soir en vain. D'autres fois la jeune fille aux cheveux d'or arrive en avance avec les enfants. Elle a toujours le même sourire étrange quand elle voit Bravo assis à sa place sous les arbres. Bravo n'ose pas lui parler. D'ailleurs qu'est-ce qu'il pourrait dire ? Il est toujours le même, un rat, prêt à se battre, son couteau à cran d'arrêt dans la poche de son pantalon. Mais quand il voit la jeune fille, c'est comme s'il devenait quelqu'un d'autre, un garçon plein d'avenir, qui pourrait avoir de beaux habits neufs, une famille, une maison, et même des enfants, comme on voit sur les images glacées des magazines.

Chepo a repéré les baskets à la devanture du magasin. Juste à l'entrée du mall. Enfin ce n'est pas un vrai mall comme ceux de la périphérie de la ville. Juste une galerie marchande, pour les Mexicains qui viennent magasiner le week-end. Ça s'appelle la Galer'a. C'est la fin de l'après-midi, il n'y a plus beaucoup de monde. Quelques ados avec des pantalons trop larges, des planches sous le bras, quelques filles avec des chemises courtes qui montrent leur nombril percé par un anneau. Ils ne regardent pas Chepo, c'est comme s'il était transparent. Là-bas, dans le quartier d'où vient Chepo, il faut faire attention tout le temps, aux adultes, aux enfants. Même les policiers sont dangereux. Il faut rester ensemble. Mais ici, c'est un autre monde. Tout est indifférent, plus lisse, plus léger.

Les baskets sont exactement ce qu'il faut pour Piña. Rose pâle, avec des étoiles d'argent, des semelles à bulles, et des grippers blancs. Avec ça, quand le bébé sera lourd dans son ventre, elle n'aura pas mal au dos.

Il faut la bonne taille. Sur l'étal, il n'y a qu'une seule chaussure. Pour avoir l'autre, il faut demander au vendeur, un grand type maigre qui regarde Chepo d'un air soupçonneux. C'est là que le billet de vingt dollars du vieil Augustin va servir.

« Qu'est-ce que vous voulez ? » Chepo ne parle pas l'anglais. Il montre les doigts de ses deux mains. « Huit ? C'est la taille que vous cherchez ? » Le vendeur cherche dans les cartons derrière le comptoir. La Galería ferme dans une demi-heure. Chepo pense qu'il va être en retard pour le rendez-vous avec les autres. Il hausse les épaules. Peut-être qu'ils sont déjà en prison à l'heure qu'il est.

Le grand type a trouvé la pointure. Il sort les baskets de la boîte et les montre à Chepo qui hoche la tête. Chepo tend le billet de vingt dollars plié, et à l'instant où le vendeur lâche la boîte pour prendre le billet, Chepo s'empare des chaussures et s'élance hors du magasin. Il court le plus vite qu'il peut, sans se retourner, il se faufile entre les voitures, il remonte l'avenue, une rue à sens unique. Il court, et les baskets s'entrechoquent contre sa cuisse comme si elles dansaient, il court sans reprendre son souffle, sans penser. Le soleil s'est glissé derrière les hauts immeubles du centre, l'ombre envahit déjà les rues, mais le ciel est toujours très clair, avec un avion qui trace une ligne phosphorescente à dix mille mètres. Chepo court devant le parc où des gosses attardés jouent au base-ball. Il court à travers les quartiers silencieux où les gens sont enfermés, l'œil rivé à leur écran de télé.

Après le parc, il y a la grande avenue bordée d'arbres où se trouve l'entrée de l'égout. Chepo imagine déjà le long boyau chaud et humide dans lequel il va ramper, les coudes contre le corps, les précieuses baskets roses tenues entre ses dents par la lanière des grippers.

Mais il n'a pas le temps parce que, au moment où il aperçoit la bouche noire de l'égout, l'entrée vers la liberté, il voit les trois voitures de la police pareilles à trois gros insectes noir et blanc, et non loin, à l'ombre des arbres, la fameuse combi bleue de la Migra. Il comprend qu'il est fait, comme un rat.

*

Le service de détention des immigrés illégaux à la Migra est une grande salle de béton sans fenêtres, éclairée par dix-huit barres de néon, dans laquelle souffle un appareil d'air conditionné aussi gros et à peu près aussi bruyant qu'un moteur d'avion. À l'angle le plus éloigné de la porte, une cuvette de W-C sans abattant trône dans un réduit sans porte, flanquée d'un lavabo. Les prisonniers sont conduits ici les mains attachées dans le dos par des menottes en plastique. Ceux qui n'ont pas encore été interrogés restent ligotés, les poignets tellement serrés qu'ils doivent marcher pliés en avant avec les bras relevés dans le dos comme de drôles d'oiseaux captifs. D'autres attendent, assis par terre, le dos contre le mur, hommes, femmes, enfants, tous très bruns, hirsutes, leurs habits tachés de poussière, certains ont même perdu une chaussure en tentant d'échapper à la police. Quand ils doivent faire leurs besoins, il faut qu'ils s'asseyent sur la cuvette, devant tout le monde. Ils ont tous la tête baissée. Quand Chepo est entré dans la salle, ils ont relevé la tête, mais ils l'ont à peine regardé, d'un regard sournois, fatigué. Ce sont tous des inconnus, des hommes et des femmes qu'on a pris dans les rues de Nogales, ou bien dans la réserve des Indiens Papagos, après des nuits de marche dans le désert. Le seul que Chepo reconnaît, c'est Bravo. Il est assis par terre près de la porte. Il a été interrogé et ses poignets sont libres, mais il porte encore les traces des bracelets en plastique, et il a une plaie sur la joue gauche, juste au-dessous de l'œil.

À Chepo, il parle vite, avec une rage contenue. « Ils m'ont tabassé, j'en ai mordu un. » Chepo demande : « Où est-ce que tu as été pris ? » Lui aussi parle bas. Il y a une caméra qui filme la salle de son objectif fixe, sûrement un micro. Mais qui est-ce que ça intéresse ? « Ils m'ont pris dans le parc. Et toi ? » « À l'entrée. » « On nous a donnés. Et moi, je sais qui. » « Qui ? » « Qu'est-ce que tu crois ? C'est Mano, ce pédé, ce fils de pute. » « T'es fou ? Il était même pas avec nous. » Bravo a une lueur de haine dans les yeux. « Alors ? Il peut téléphoner, non ? J'te dis, c'est Mano, il est leur indic. » Il fait un geste brutal avec son poing. « J'lui ferai la peau, je le planterai, je l'jure. »

Avant la nuit, le policier est venu. Il a emmené Chepo dans le bureau contigu à la salle. C'est un grand type un peu roux, rouge, l'air bonasse, mais Chepo se méfie, ce sont souvent les pires.

Il interroge, il parle plutôt bien l'espagnol, mais sans doute à cause du règlement, il double toutes les questions en anglais.

« Ton nom ? Ton âge ? Ton adresse ? Tu vis chez tes parents ? »

Il note tout sur son ordinateur. Sur le bureau, à côté de l'ordi, il y a la paire de baskets roses destinées à Piña. C'est l'objet du délit.

« Pourquoi tu as volé des chaussures de fille ? »

« Pour donner à ma sœur » dit Chepo.

« Il n'y en a pas là-bas ? »

« Elle n'a pas d'argent. Elle a besoin de bonnes chaussures, elle attend un bébé, elle a très mal au dos. »

Chepo sait ce qu'il faut dire pour attendrir. Et ça marche, il a vu une petite lueur d'amusement dans les yeux du flic, comme un sourire sur sa grosse face rouge.

« Bon, bon. On a récupéré les chaussures, le magasin ne va pas porter plainte, ça lui servirait à quoi ? »

« Ils ont mes vingt dollars » dit Chepo.

« Tant pis pour toi, ça t'apprendra. Ça vaut mieux que d'aller au *bote*, non ? »

Chepo ne dit rien. Il frotte ses poignets endoloris.

« Et Bravo ? »

Le flic le regarde sans comprendre. Puis : « Ah oui, tu veux dire Martín, l'autre petit rat ? » Il a l'air moins bonasse tout à coup. Chepo pense que c'est lui que Bravo a mordu, et qui a répondu par un gnon sous l'œil.

« Lui, on le garde encore un peu, c'est un violent. Si on le renvoie aujourd'hui, il est capable de tuer quelqu'un. » Chepo pense : « Tu ne peux pas si bien dire. » Il pense que Bravo a peut-être raison après tout, que c'est Mano qui les a donnés pour qu'on le laisse faire tranquillement sa contrebande.

L'interrogatoire est fini. Le policier prend les empreintes de Chepo, mais ce ne sont plus les affreux bracelets de plastique qui coupent le sang, ce sont de vraies menottes d'acier lourdes et douces.

Dehors, il fait tout à fait nuit. Chepo trotte derrière le grand homme roux jusqu'à la combi. Le chauffeur ouvre la porte arrière. À l'intérieur, il y a le reste de la bande, el Gato, Aguirre, Yoni, Beto, la Rata. Ils ont l'air piteux. À côté d'eux il y a aussi deux femmes en survêtement, les cheveux emmêlés et blancs de la poussière du désert. Le chauffeur pousse brutalement Chepo à l'intérieur de la camionnette. « Putain de vos mères, ça pue le rat là-dedans ! » Les gamins n'ont pas bronché quand Chepo est entré. Ils ont des têtes obtuses et butées de petits durs. Le policier roux les regarde un instant sans rien dire, il sait bien qu'ils recommenceront. C'est à cause de ces égouts. Il y en a partout sous la ville, quand on les bouche d'un côté, les gosses sortent de l'autre. C'est une histoire sans fin. Il faudrait qu'ils engraissent, pense le flic, comme les vrais gosses des vrais pays, à manger des glaces et de bons steaks juteux, alors ils ne pourraient plus passer par tous ces tuyaux. Facile à dire ! Il se souvient de la phrase d'un des riverains de la frontière. « Je ne les ai pas mis au monde, pourquoi est-ce que j'aurais à les nourrir ? »

La combi bleue roule dans les rues de Nogales. Par le hublot grillagé, en haussant le cou, Chepo voit défiler les enseignes bleu et rouge, les colliers de lampes, les arbres de Noël, les guirlandes, les palmiers extraordinaires. Il entend des bruits de musique, des cantiques, des berceuses, tout ce langage qu'il ne connaît pas.

Au poste-frontière, le transfert a lieu en quelques minutes. Les gosses passent sous le bras des douaniers, détalent à toute vitesse dans les rues bondées. Les deux femmes parlementent avec les policiers, puis elles s'en vont, elles aussi, vers la gare des autocars, en tirant leurs valises de hardes.

Dans la grande salle glacée, Bravo s'est lové contre le mur pour dormir, malgré la lumière blafarde des néons. Il attend, il rêve les yeux fermés à la jeune fille aux cheveux d'or belle comme une fée, qui reviendra demain dans le parc. Peut-être qu'elle tournera son regard pâle pour chercher du côté des grands arbres, et lui n'y sera pas.

FANTÔMES DANS LA RUE

Sur une idée d'Amy

BAB 6

Dragon 21 janv 2000 | 16:45

Il est à son rencoignement, assis le dos au mur. C'est lui que je vois en premier ce soir, lui et personne d'autre. Enfin, lui d'abord. Il y a tellement de passage à ce moment, il me faut fouiller à travers une forêt de jambes, percer le ruban presque compact des corps en mouvement. Quand j'ouvre mon regard, je sens un balancement, un va-et-vient, pareil au balayage écœurant d'un ventilateur, et un cercle de fer qui m'enserre. Mais lui, il est là, à sa place habituelle, immobile dans le renfoncement de la porte cochère, et tout de suite quelque chose en moi se défait, se bonifie. Lui, c'est Renault, un être humain.

Il y a tellement de robots et d'hommes-machines, de poupées et de mannequins. Il y a tellement d'hommes-chiens, d'hommes-chacals et d'absents, tellement de zombies et de momies. Tellement d'aventuriers et de faussaires. Je remarque que la société humaine en est largement composée. Mais lui, c'est un être humain.

Il habite une petite chambre dans les combles d'un immeuble au nord de la ville, juste un châssis pour éclairer le jour, et une ampoule électrique nue pour éclairer la nuit. Les W-C et un lavabo au bout du couloir. Il partage l'étage avec trois travailleurs marocains et un travesti brésilien. Il rentre là-bas quand il est vraiment très fatigué d'être dehors, trop froid, trop las pour rester assis sur son morceau de rue. Tout ce que je sais de lui, c'est par des bribes que j'ai entendues, lorsqu'il parle aux gens. Il y a une grande belle fille brune qui lui apporte à manger de temps en temps, et il lui parle de sa chambre de bonne, des bonnes odeurs de cuisine des Marocains, des jérémiades du Brésilien. Depuis le commencement de l'hiver cette fille lui rend visite dans la rue. Renault ne mendie pas. Il reste simplement assis en tailleur, les mains posées sur ses cuisses, le buste bien droit, le regard fixé devant lui, légèrement à gauche. Il ne s'occupe pas des voitures ni des gens. Mais il n'est pas indifférent non plus. De temps en temps, il relève les yeux, et son regard va droit vers quelqu'un, au hasard. C'est évident qu'il n'attend personne.

Quand la jeune fille est passée la première fois, il l'a regardée, et elle lui a souri gentiment. Elle s'est arrêtée à sa hauteur, et il lui a dit une phrase, peut-être dans le genre de « Ne t'inquiète pas, tu trouveras ce que tu cherches », pas très sibylline, pourtant surprenante, et la fille s'est approchée, elle s'est adossée contre le montant de la porte cochère, en appui sur une jambe, un peu déhanchée, ses cheveux noirs luisant de gouttes de pluie.

À ce moment-là, il a deviné ce qui ronge cette fille, sa détresse, son sentiment d'abandon. Elle lui en a parlé presque tout de suite, comme on ne parle qu'à des inconnus, pour se libérer de la trahison, de la douleur, de la vie qui ne vaut plus rien. Et elle s'est accrochée à lui pour guérir. Il l'a laissée raconter son histoire, et il a dit : « Il reviendra. C'est sûr qu'il reviendra, il ne peut pas se passer de toi. » Il lui a dit : « Quoi, tu as vingt ans ? C'est pas l'âge de mourir. »

Il y a eu un calme assez long, je n'entendais plus les bruits des passants, plus les *krrrrran* des voitures. Et Renault a posé sa question : « Est-ce que tu as entendu parler des Couscous-tapis ? » La fille s'est un peu penchée en avant, non pas parce qu'elle était surprise, mais plutôt parce que c'était une question qui l'obligeait à sortir d'elle-même et à s'arrêter pour écouter…

Il faisait sombre, la pluie picotait une grande flaque au bord du trottoir. Il y avait un brouhaha de pneus mouillés, de moteurs étouffés, de balais d'essuie-glaces qui peinaient. Il y avait un tohu-bohu de gens pressés de rentrer avant le dîner, de s'installer devant leur télé, de femmes qui faisaient leurs dernières courses. Il y avait des ouvriers fatigués. Il y avait un ciel gris, gonflé d'eau et de lumière électrique. Il y avait un très grand sentiment de solitude, toujours. J'avais mal à force de regarder.

La fille s'est assise à côté de Renault pour écouter ce qu'il avait à raconter. Moi j'avais une âme pleine de larmes, un vide, une douleur de fer. Le visage de Renault est usé, creusé, édenté, il a eu le nez fracturé (il a été attaqué un soir par des voyous, mais c'était à l'heure où je ne regarde plus rien). Sa peau s'enfonce par endroits comme s'il avait de la cellulite sur les joues, c'est à cause de l'alcool. Mais ses yeux noirs brillent de jeunesse.

La jeune fille s'est assise à côté de Renault, les jambes repliées pour ne pas tendre d'embûches aux passants, le dos contre le montant de la porte cochère. Renault a choisi cet endroit parce que personne n'entre plus par cette porte, l'immeuble a été racheté par une banque qui a muré les étages supérieurs. Mais pourquoi a-t-il choisi la rue du Dragon ? Il me semble que je l'ai toujours vu depuis que je regarde, il est arrivé ici il y a des années, quand il a commencé sa vie de clochard. Je ne sais pas comment il s'appelle. Renault, c'est le nom que la jeune fille lui a donné, quand elle a su qu'il avait travaillé dans une usine. Il lui a raconté qu'il avait autrefois occupé un poste de conseiller aux ressources humaines chez Renault, c'est exactement les termes qu'il a utilisés, les ressources humaines. Mais la jeune fille ne lui a posé aucune question personnelle. Il a cette sorte d'élégance, on n'a pas besoin de savoir qui il est. C'est un être humain, comme je crois l'avoir déjà dit.

« Qu'est-ce que c'est, les Couscous-tapis ? » La jeune fille a une voix assez grave pour son âge, un peu voilée comme les gens qui fument trop. Renault a une voix usée, mais il n'est pas un vieillard, il a seulement un corps d'une maigreur extraordinaire, fragile, avec des épaules qui saillent sous ses habits, et un pantalon trop court qui montre ses chevilles nues, très blanches, et ses pieds chaussés de mocassins noirs en similicuir. Il a de belles mains longues et fines, avec des ongles soignés, on voit bien qu'il n'est pas un travailleur manuel. Il a des cheveux longs gris assez propres, il porte une chapka de mouton noire, qui lui vient du temps où il allait chaque matin à l'usine, dans les plaines froides du Nord.

Pourtant, les gens qui passent pour la plupart font un

détour quand ils le voient, comme s'il s'était compissé ou qu'il avait une maladie. La jeune fille est habillée d'un manteau marron. Elle s'est tassée, elle a enfoncé sa tête dans son col comme une tortue, ses longs cheveux font une nappe noire sur ses épaules. Elle a un air lointain, rêveur. Elle a rejoint Renault dans son absence au monde.

« Dites-moi, qu'est-ce que c'est ? » Le bruit des autos dans la flaque suce les mots, les traîne sur la chaussée mouillée, les emporte au loin. Quelquefois il me semble que cette rue est un canal qui avale les mots sans cesse, les rejette dans un limon mystérieux, vers le bas, vers les estuaires des fleuves. Renault hésite, il prend sa respiration comme s'il allait commencer une longue histoire dont la racine s'entortille loin dans son passé.

« En ce temps-là, quand je travaillais à l'usine, le gouvernement incitait à l'embauche des ouvriers d'Afrique du Nord, Algériens, Tunisiens, Marocains, et aussi des Africains du Sénégal, du Mali, de la Côte d'Ivoire. C'était moi qui étais chargé de les engager, on appelait ça exploiter les ressources humaines, j'étais affecté aux ressources humaines, tu savais ça ? C'était mon boulot à l'usine, j'étais bien payé pour ça, pour faire le tri, pour dire à celui-ci, toi, et toi, et à celui-là, non, pas toi. » Il a des yeux un peu fendus, brillants, une expression à la fois douce et calme, un peu embrumée, de tristesse et d'alcool, mais une tristesse qui reste en lui et qui ne s'enlace pas aux autres. La jeune fille lui ressemble, je crois qu'elle a les mêmes yeux, en amande, très noirs, de la tristesse sans doute aussi, ça doit être à ça qu'on reconnaît les vrais êtres humains.

« Ils venaient nombreux tu vois, plus nombreux chaque année, ils restaient des mois, certains ne supportaient pas et retournaient au bled, mais il y en avait qui ne repartaient pas. Ils s'installaient, ils faisaient venir leurs femmes et leurs enfants, ils louaient des appartements dans les grands immeubles, ils achetaient à crédit, ils avaient des bagnoles. Moi je savais leurs noms, c'était moi qui avais rempli leurs dossiers. Ils avaient de beaux noms, Omar, Fadel, Ouled Hassan, Abel, Abdelaziz, Abdelhak. Et leurs femmes, je me rappelle, Aïcha, Rachida, Rania, Habiba, Aziza, Jamila. Mais chez Renault, à la direction, ils ne cherchaient pas à savoir leurs vrais noms, tous les hommes c'était Mohamed, toutes les femmes c'était Fatima. Pour les gens haut placés, même pour les chefs d'atelier, ces gens-là n'existaient pas, ils étaient tous pareils. Quand ça se savait qu'il y en avait un qui partait en vacances au bled, ils l'arrêtaient, ils lui disaient : tu n'oublies pas, Mohamed ? Tu me rapportes de chez toi un beau tapis, hein, un beau tapis, avec du rouge et du vert, en laine, de la bonne qualité. Tu n'oublies pas, Mohamed ? »

Il en a parlé déjà, de ça, et de sa vie. J'ai entendu des bribes, arrachées entre les cris et les klaxons des voitures qui s'embouteillent. Un jour il n'a plus supporté, il a donné sa démission et il n'est pas retourné à l'usine. Il a commencé à boire, c'était probablement avant que sa femme le quitte, et son fils n'a plus voulu le voir, il l'insultait, il le traitait de clodo, de soulo. Il a tout perdu, mais avec quelques économies, il a acheté une chambre sous les toits, à l'autre bout de la ville. Il n'a plus jamais exercé dans les ressources humaines, il n'a plus jamais trié les hommes sur le volet. Il a perdu son nom, il est devenu quelqu'un d'autre, un invisible qui passe ses journées assis sur un bout de trottoir à regarder les gens qui passent. Il est devenu Renault.

Il ne demande rien à personne. Il ne veut pas de pitié. Il ne mendie pas. Parfois, quelqu'un lui donne une pièce, ou bien un morceau de pain. Il y a une bonne sœur de la Médaille Miraculeuse qui lui apporte du café dans une thermos, chaque matin. Sa vie, c'est le morceau de trottoir, devant la porte cochère condamnée, à côté de la banque et du distributeur de billets, juste là où je regarde. C'est son métier, son passe-temps, son histoire.

La jeune fille lui apporte aussi à manger, un sandwich, ou un fruit, elle les pose sur le trottoir à côté de lui, comme une offrande. Au début, c'est elle qui parle de sa vie, de son amour mort. Elle dit : « Vous savez, avec mon ami, c'était bizarre, je me demandais si j'étais normale. Je m'entendais mieux avec sa mère qu'avec lui, elle me soutenait, elle était de mon côté. Elle disait qu'il ne me méritait pas. »

Je les regarde, j'aimerais m'asseoir à côté d'eux, entendre tout ce qu'ils disent, comme si dans leur conversation il y avait un sens caché, la clé d'un mystère que je dois comprendre avant de m'éteindre.

Renault reprend son histoire des Couscous-tapis : « Leurs femmes, leurs filles, à l'usine ils ne leur demandaient jamais comment elles s'appelaient. Ils ne leur demandaient jamais, comment ça va chez toi, et tes enfants, comment ils s'appellent, quel âge ont-ils, comment ça se passe pour eux à l'école, est-ce que les autres sont gentils avec eux ? Ils ne leur demandaient jamais s'ils avaient de bonnes nouvelles du bled, de la famille qui était restée là-bas, à qui les ouvriers envoyaient chaque mois un morceau de leur paie. Jamais, jamais.

« Ils ne cherchaient même pas à savoir comment elles vivaient, leurs femmes, comment elles faisaient, loin de leurs parents, avec les enfants qui grandissent, les maladies, les soucis, la vie trop chère, comment elles faisaient pour lire les prix dans les boutiques, les noms des rues. Ils ne cherchaient pas à savoir comment c'était, dans leurs cuisines trop petites, sans air, sans lumière, dans des sous-sols à Marly, à Sucy-en-Brie, à Lagny, à Drancy. Ils ne leur demandaient jamais si ça leur manquait, le ciel bleu, le soleil, le vent, les copines qui viennent boire le thé dans la cour. Comment elles faisaient pour supporter le regard des gens d'ici, les épiciers de la cité marchande qui disaient d'un air entendu, pour se moquer, pour que tout le monde en profite : "Alors vous n'achetez pas mes beaux légumes, ils sont bons pour la fricassée" ou qui les appelaient "Fatima !" Ils ne leur demandaient jamais : "Est-ce que tu suis des cours du soir pour apprendre le français, pour apprendre à lire et à écrire, pour pouvoir aider tes fils à faire leurs devoirs ?" Jamais, jamais, ils ne pensaient jamais à elles, sauf quand ils avaient besoin d'une cuisinière, pour une réunion, un comité d'entreprise, alors ils disaient au mari : "N'oublie pas, tu dis à Fatima de nous préparer un bon couscous pour jeudi, comme ça on le mangera tous ensemble. Tu n'oublies pas, hein, un bon couscous, avec des brochettes, de la viande de mouton." Tu vois, c'était comme ça, ceux qui partaient au bled rapportaient des tapis pour les chefs, et ceux qui restaient, leurs femmes préparaient le couscous pour les comités.

« C'est pour ça qu'on les appelait Couscous-tapis. Mais personne ne cherchait à se rappeler leurs noms. Ils s'appelaient tous Mohamed, Fatima. Et quand ils s'en allaient pour de bon, il y en avait d'autres qui les remplaçaient. Ils s'appelaient Couscous-tapis. »

B 12

Sèvres 02 fév 2000 | 18:00

Aminata. Je l'ai vue cet hiver pour la première fois, à l'heure des courses, mais je suis sûre qu'elle fréquentait cette boulangerie bien avant que je regarde.

Aminata est belle. Je trouve qu'elle est belle. Elle a un corps massif, fort, avec de larges épaules bien rondes, la poitrine haute et les hanches amples, de grandes mains aux doigts fuselés avec des ongles soignés, qu'elle ne peint pas mais qu'elle polit avec une peau de chamois. De beaux pieds aussi, longs et la plante bien à plat sur le sol. Sauf les jours de pluie elle est nu-pieds dans des sandales à fines lanières de cuir noir. C'est émouvant de voir ses pieds nus dans cette avenue grise où courent les voitures. Au bas de sa robe longue, ses chevilles sont fines et fortes, elles laissent imaginer la musculature de ses jambes, de ses cuisses, et ses fesses dures et hautes comme celles de la plupart des femmes africaines. Je dis tout cela dans le détail parce que je crois bien que j'ai été tout de suite amoureuse d'Aminata, la première fois que je l'ai vue entrer dans la boulangerie.

La banque est située juste au commencement des arcades, et de là où je suis j'ai une vue plongeante dans le couloir de la boulangerie qui brille de néons comme en plein jour. Le soir où j'ai vu Aminata entrer, mon attention était fixée sur un monsieur qui achetait un pain, et qui semblait avoir un problème. Soit il avait perdu son argent, soit il n'en avait pas et espérait que la boulangère lui ferait crédit. C'est une femme encore jeune et plutôt jolie, mais sèche, et elle regardait le monsieur sans argent du coin de l'œil tout en tendant la main sans sourire. Alors j'ai vu Aminata, elle a mis l'argent dans la main de la boulangère avec un geste vraiment royal, et j'ai senti malgré la distance l'onde de bienfaisance qui se dégageait d'elle. Le petit monsieur est parti presque sans remercier, l'air gêné, son pain serré sous son bras. Ne pensez pas que j'exagère pour rendre tout ça plus intéressant. Ça s'est réellement passé comme je viens de le dire.

Depuis ce soir-là, nous sommes devenues amies. Enfin, pas des amies comme on peut l'entendre habituellement. Simplement, à l'heure des courses, j'attends de la voir apparaître sous les arcades, à la boulangerie, ou un peu plus loin, devant la supérette où elle achète son lait et ses yaourts. Elle parle beaucoup aux gens, généralement à des femmes comme elle, des Africaines, des Antillaises qui viennent faire leurs courses avec leurs enfants. Je guette chacune de ses paroles, par moments j'ai du mal à comprendre, sa voix est couverte par les grondements des camions, *roo, room, raa.* Parfois j'ai l'impression que c'est à moi qu'elle s'adresse, par le truchement d'un voisin, d'une relation de quartier. Elle dit des choses très dures avec une voix claire, en riant, comme si c'était sans importance. À un taxi qui avait fait une remarque raciste parce qu'elle l'avait gêné dans sa manœuvre, elle a dit : « Tu ne dois pas mal parler des Africains, sinon un jour ils te donneront un coup de couteau et personne ne te regrettera ! »

Elle a deux filles qui étudient à Paris, et c'est pourquoi elle est venue vivre ici, malgré le mauvais temps et la vie chère. Elle leur prépare des plats, de l'igname rôtie, des patates douces. Elle parle souvent de ses filles, mais je ne les ai encore jamais vues.

Ma jeune brune qui voulait mourir est là, aujourd'hui, et Aminata lui parle, avec son humour bien à elle, et ça lui fait le plus grand bien. Elle lui parle de son pays d'Afrique que les gens d'ici ne connaissent pas, pour eux c'est un pays de sauvages : « Pourtant, c'est ici que c'est sale ! Ici les gens font pipi par terre comme les chiens, ça sent très fort, et puis il y a des papiers partout, personne ne les ramasse. » La jeune fille se met à rire, et Aminata continue : « Et puis pourquoi les gens ne disent pas bonjour ? Pourquoi ils ont toujours l'air fâché ? On ne te demande jamais de nouvelles, personne ne te connaît. Les gens ne te regardent même pas. Ils sont tous pareils, ils ont tous des visages très blancs, ils s'habillent tous avec les mêmes habits tristes, tous pareils, ils ne mettent jamais de couleurs, ils sont tout bleus, tout gris. Pourquoi les femmes ne portent pas des robes avec des fleurs ? Pourquoi personne ne lave devant chez soi ? Vous, ici, vous donnez vos balais aux Africains, vous leur mettez un habit vert, et vous les poussez dans la rue, vas-y, balaie ! et personne ne leur parle jamais. Vous parlez mal de l'Afrique, mais c'est vous qui avez encore des esclaves ! Et franchement, je ne comprends pas pourquoi c'est si sale, parce que personne ne mange dans la rue, chez vous les gens s'enferment pour manger, ils font ça en cachette, ils mangent, ils payent et ils s'en vont. » Quand on ne s'occupe pas d'elle à l'épicerie, elle proteste à sa façon : « Mais enfin, monsieur, grande et grosse comme je suis, vous ne me voyez même pas ! » L'épicier hausse les épaules, il grogne : « Écoutez, on ne va pas en faire une histoire. » Aminata répond, et ses mots sont venus jusqu'à moi comme un souffle de vérité : « Est-ce que pour vous, nous les Africains, nous sommes invisibles ? » Et j'ai pensé que c'était vrai, pour les gens de cette ville les étrangers sont pareils à des taches de couleur qui glissent sur le paysage gris, des taches qui passent, qui vont et viennent, et qui un jour disparaissent.

Aminata habite très loin, au bout de l'avenue Daumesnil, passé la porte, dans une zone où il y a surtout des gens comme elle, des Africaines en robe longue, des Antillaises, des Mauriciennes. Elle prend le bus pour venir faire des ménages en ville, et pour faire ses courses, pendant que ses filles vont à leurs cours. Peut-être qu'elle espère qu'un jour elle va découvrir un marché, sur une place, au bout de la grande avenue, avec des gens qui se bousculent et s'interpellent, de la musique, des camions en train de décharger des légumes, un bruit de basse-cour et de moutons qui bêlent. Elle s'attend à retrouver les odeurs de sa ville, les fruits qui pourrissent tranquillement dans les caniveaux, l'étal du boucher et le sang fade, la rumeur des mouches qui vrombissent. Mais quand elle arrive sous les arcades, tout d'un coup elle est fatiguée, elle ne s'aventure pas plus loin. Elle ne trouve que la longue rue où les gens se bousculent sans se voir, comme des aveugles sans mains, les autos aux vitres fermées, les papiers morts qui courent dans le vent.

À la jeune fille, elle dit encore : « Tu sais de quoi j'ai envie ? J'ai envie de poussière, de nuages. Chez nous, quand le vent souffle, il y a beaucoup de poussière, comme du sable jaune, c'est beau, ça sent bon ! Et quand il pleut, les enfants courent partout dans les rues, ils se mettent sous les gouttières pour se laver. » Elle dit en riant : « Tu sais, quand je suis arrivée ici, je croyais que les gens avaient enfermé tous leurs enfants dans une grande maison quelque part dans la ville, parce que je ne les voyais jamais dans la rue. Et je demandais aux gens : "Mais où sont passés les enfants ?" Et je demandais aussi : "Où est la forêt, la rivière, où sont les oiseaux ?" Je ne comprenais rien, je croyais qu'en cherchant bien j'allais retrouver tout comme chez moi. » Elle regarde la jeune fille, elle pense qu'elle l'a gênée avec ses remarques. Elle ne veut pas la laisser sur une mauvaise impression : « Tout ça c'est mes idées à moi. Mes filles, ça leur plaît bien ici, elles font des études, elles vont avoir leurs diplômes. Et puis il y a beaucoup de choses à acheter ici, elles ont des copines, elles vont s'amuser le soir, elles vont danser, elles vont au cinéma. Elles ne veulent plus retourner chez nous au village. Même si les gens leur disent quelquefois des choses racistes, elles sont chez elles ici. » Elle a des yeux très doux, toujours brillants avec une perle de larme au bord de la paupière. Elle a des gestes très lents, très larges, et quand elle attend, elle se repose sur une seule jambe, le buste un peu en arrière, le menton appuyé sur sa main.

Elle dit à la jeune fille : « Bon, il faut que je retourne à Daumesnil maintenant, mes petites filles ne vont pas tarder. »

Avant de partir, elle a mis la main sur le front de la jeune fille, un geste léger et tendre, et sa bienveillance a rayonné dans toute la rue, sous les arcades, jusqu'au jardin de Babylone. Mais je crois que personne ne l'a vu, seulement moi et cette jeune fille perdue. Elle est partie dans l'ombre des arcades, sans se retourner, avec un mouvement lent des hanches, et sa longue robe jaune, vert et rouge brillait au milieu des passants, puis elle a disparu. Mais je savais que je la verrais encore, demain, demain, encore une fois, une autre fois. Grâce à elle je vis au jour le jour.

Connaissez-vous la fantôme du métro ? Elle n'est pas indifférente. Elle est peut-être la première personne humaine dans ce quartier, dans ces couloirs. La jeune fille aux cheveux noirs l'a repérée depuis quelque temps. Peut-être que dans la solitude on ne voit pas les mêmes choses que les autres. Elle en parle à tous les gens qu'elle rencontre, comme si c'était la personne la plus importante du quartier. Mais ceux qui l'ont vue ne savent rien d'elle, rien que ce qu'on peut imaginer. Ils disent que c'est une pauvre folle, dont la vie s'est arrêtée un jour de mai 1958, quand son fiancé Vincent a été tué pendant la guerre, en Algérie, dans un défilé des Aurès, d'une rafale de fusil-mitrailleur. Ils disent qu'elle s'appelle Gabrielle, ou Ophélie, qu'elle est russe ou polonaise, qu'elle est riche, qu'elle possède des banques, des comptoirs, des hôtels, et qu'elle vit quelque part dans un beau quartier, au dernier étage d'une tour, avec ses domestiques et ses chats. Ils disent que son fiancé était un élève des Beaux-Arts, et c'est pourquoi elle rôde toujours dans les mêmes couloirs de métro, entre le pont Saint-Michel et le jardin de Babylone.

Elle est là, chaque soir, un peu avant la fin du jour, au crépuscule. Elle marche dans les couloirs, elle monte et elle descend les escaliers, parfois elle prend une rame au hasard, voyage jusqu'à la station suivante, revient en arrière. Elle est grande et maigre, elle est sans doute vieille, bien qu'il soit impossible de lui donner un âge. Elle est pâle, son visage est régulier, l'arcade des sourcils empêchant de distinguer avec netteté la couleur de ses yeux, mais certains disent qu'elle a les yeux verts, d'autres, gris acier. Elle cache ses cheveux sous un grand foulard. C'est sa robe surtout qui étonne : une robe assez longue, qui s'évase un peu au-dessous des genoux, faite dans une matière légère, irréelle, un voile de couleur claire, tantôt bleu pâle, tantôt gris, parfois beige ou jaune. Toujours dans des couleurs tendres. Sa robe semble fuyante comme elle, immatérielle comme elle, venue d'une autre époque, une robe pour aller danser le tango ou le be-bop, une robe pour une fête fleurie dans les jardins, au printemps, à la lumière des lucioles. D'ailleurs, elle porte en toute saison les mêmes chaussures, des espadrilles blanches à semelles de corde attachées par des lacets autour de ses chevilles.

Elle ne s'arrête jamais. Elle est tout le temps en train de marcher, de courir, ou plutôt de glisser, elle est si légère qu'on ne voit même pas le mouvement de ses jambes. Elle semble flotter au-dessus de la chaussée, sans bruit, comme si elle avançait sur les pointes. Elle est là un instant, et l'instant d'après elle a disparu, si vite qu'on peut même douter de l'avoir vue. Tard dans la nuit, elle est encore dans les couloirs, elle s'aventure jusqu'à Montparnasse, ou bien sur les quais du RER du côté du musée d'Orsay. Elle ne va jamais au-delà. C'est comme si une frontière invisible la retenait. Parfois, sur son visage il y a une expression de souffrance, et puis cela s'efface. Personne ne lui a jamais vraiment parlé, personne n'oserait. Son regard est transparent, porté au loin, de l'autre côté de ces murs et de ces trous noirs. Il glisse sur vous, sans s'arrêter, on dirait le regard d'un animal à travers une vitre.

Chaque soir, le long des couloirs, le long des quais, rasant les murs, fuyant, glissant, frôlant. Mais nul ne l'a vue au-delà de minuit. Quand minuit s'approche, même à vingt mètres sous terre elle le sait. Elle disparaît. Elle retourne à son domaine, ses banques, ses affaires et son hôtel. Personne ne la voit plus d'une fois chaque jour.

La jeune fille aux cheveux noirs la cherche chaque soir. Si elle ne la voit pas, elle s'inquiète. Elle demande aux passants, mais ils haussent les épaules. Ils ne la croient pas. Alors elle interpelle un contrôleur sur le quai, elle essaie de lui expliquer : « Grande, élégante… une longue robe en voile clair, un châle, des espadrilles… Elle passe tous les jours sur ce quai. »

L'homme secoue la tête, il n'a vu personne. Peut-être qu'il a oublié. Les gens se pressent, se bousculent, il est six heures, c'est l'heure de pointe.

« Allons, ne restez pas là, vous voyez bien que vous obstruez. »

Personne n'a rien vu. Pour tous ces gens qui sont pressés de rentrer chez eux, la dame en robe claire et en espadrilles n'existe pas. Avec la même légèreté qu'elle passe, elle s'efface de la mémoire. Elle est un souffle, un rêve, elle peut se glisser dans le corps d'un autre, ou bien disparaître en suivant les canalisations souterraines. Un soir elle est ici, le lendemain à mille kilomètres. Elle peut se faire invisible. Elle peut entrer dans le circuit des caméras secrètes qui épient la ville d'heure en heure, de rue en rue.

TO 15

Arrivée 7 avr 2000 | 19:02

Ils viennent de partout à la fois. Ils sont si nombreux que je n'arrive pas à les voir séparément. C'est une masse vivante, compacte, qui pousse devant elle, qui se divise, se reforme, se délite sans aucune règle. Ils viennent du Prisunic, du centre commercial, des bureaux. Ils vont vers les boulevards, vers les parkings, vers la gare. C'est comme ça chaque vendredi soir.

Je les attends. Je sais qu'ils vont arriver, et c'est pourquoi je guette, je balaie la rue avec ma fièvre, je les espère de tout mon désir. Mes trois enfants, c'est ainsi que je les appelle. Il y a Max, ou Porthos, le plus grand, les cheveux coupés court, presque ras, un visage rougeaud, de grandes mains et de grands pieds, à quinze ans il fait déjà un mètre quatre-vingts et il doit peser quatre-vingt-dix kilos. Il a une bonne tête avec des yeux étonnés, une ride en virgule au milieu du front. Il y a Athos, un peu menu pour le rôle, des cheveux frisés noirs, des oreilles décollées et un nez en trompette, pas noble du tout. Plutôt Mickey que mousquetaire, d'ailleurs son vrai nom c'est Miguel. Et enfin Aramis, c'est Leticia, la sœur de

Miguel. Elle est fine et jolie, avec des joues fraîches et des dents très blanches.

Je ne me souviens plus comment je les ai vus la première fois. Ça doit être ma jeune fille aux cheveux noirs qui m'a guidée vers eux. Ils sont entrés dans l'image, sans que je m'en rende compte, et tout à coup, c'était comme si la foule s'ouvrait, et qu'un rayon de lumière tombait du ciel. Peut-être que les réverbères se sont allumés à cet instant, ou bien il y a eu une éclaircie dans le crépuscule, juste au pied de la tour. C'est certain, il y a eu un signe.

Au début, j'ai pensé que c'étaient des fugueurs du week-end, des petits galériens qui s'enfuient de chez eux le vendredi, et traînent dans le centre-ville au hasard, jusqu'au lundi matin. Personne ne sait d'où ils viennent. Ils entretiennent le plus grand mystère sur leur lieu d'origine. Ils changent plusieurs fois de train, ils prennent le bus, le métro, ils voyagent en stop. Quand il fait beau, même froid, ils dorment dans les jardins publics, ou dans des cours d'immeuble. Les nuits de pluie ou de gel, ils se réfugient à la gare d'Orsay, ou à Roissy. Quelquefois ils trouvent une cage d'escalier, ils s'installent au dernier étage, sur le palier. Mais ils ne vont jamais sous les ponts, parce qu'on y viole et on y tue les enfants.

Ils sont toujours ensemble, Leticia et son frère et Porthos. Ils marchent dans les rues, au hasard, en parlant aux gens, en racontant leurs histoires. Avant de les voir, souvent c'est leurs voix et leurs rires que j'entends, comme un bruit de vie au milieu de la rumeur étouffée de la ville. J'aime bien les entendre, ça me donne une impression d'optimisme, ça me rafraîchit, ça calme mes douleurs. Je bois leurs paroles comme une eau de jouvence. Ils arrêtent les gens sur l'esplanade, au pied de la tour, ils inventent des légendes incroyables. Max dit qu'ils sont des Kabyles d'un village très loin, perdu au milieu des montagnes, là-bas, de l'autre côté de la mer. Ils ont dû fuir, parce qu'il y avait une invasion, des gens armés de fusils, accompagnés de chiens. Ils disent qu'un jour tous les chiens de Paris se révolteront, et remplaceront leurs maîtres.

Miguel dit que sa sœur est une voyante, elle est capable d'entrer en transe sur une photo, sur un nom, sur une image, elle sait prédire l'avenir. Elle a vu en rêve l'arrivée des envahisseurs, leur armée de chiens sauvages... Elle dit que Paris va être bientôt anéanti par une grande crue, une grande pluie qui va tomber pendant des jours et des nuits et l'eau de tous les ruisseaux va monter lentement, et la Seine sera vaste comme une mer de boue. Alors ils viennent tous les jours voir la tour, parce que c'est là que la population trouvera son refuge, comme Noé sur son bateau. Leticia tourne sur elle-même comme un derviche, jusqu'au vertige, puis elle s'assied en tailleur sur la place, les poings enfoncés sur ses yeux : « Écoutez l'orage qui gronde sur les sources, vous entendez le tonnerre, vous voyez les éclairs ? La crue va bientôt arriver, l'eau va monter... » Mais les gens s'en vont en haussant les épaules, il y a des lazzis, des rigolades. Ils s'en fichent. Miguel a sorti de sa poche un objet magique que sa sœur a trouvé, il le montre aux passants : « Regardez, c'est une pierre radioactive, ça vient des quais, c'est la rivière qui l'a déposée, ça vient d'une centrale nucléaire, ça brille la nuit, c'est pour ça que notre sœur a des visions. » Leticia ne dit plus rien, elle est pâle, elle a l'air fatiguée. De temps en temps Miguel se penche et elle chuchote quelque chose à son oreille. Peut-être une prophétie. Mais sur l'esplanade personne ne les écoute. Seule dans son coin, la jeune fille aux cheveux noirs les observe.

L'été est proche maintenant. Je le vois à la couleur jaune du ciel, à la lumière qui dure jusqu'à huit heures, neuf heures, il y a même des insectes qui volent au-dessus de ce monde de pierre. Les nuages glissent, ils effacent par instants le haut de la tour. Les trois enfants inventent des pays, des noms de rivière, des villes blanches avec des monuments et des jardins plantés de cerisiers, c'est l'Inde, ou plus loin encore, le Japon. C'est le Maroc, le Mexique, la Normandie, peut-être Dijon. Je crois qu'ils ne savent plus très bien eux-mêmes qui ils sont, d'où ils viennent. Ce sont des histoires qui donnent envie de rire et de pleurer, des histoires de solitude, d'abandon. Ils sont mes enfants, échoués au bord de la grande esplanade où glissent les patineurs, sous les fenêtres de la tour qui montent jusqu'au ciel rouge.

Un instant ils sont là, un instant ils sont repartis vers l'autre bout de la place, à la recherche de quelqu'un qui les écoute. Puis les voilà qui reviennent. Ils accompagnent trois femmes d'un certain âge, peut-être des étrangères. Ils leur parlent avec une sorte de fièvre, d'impatience, chacun cherchant à placer sa phrase avant l'autre.

Miguel : « Mon père est un diplomate, vous savez, nous sommes des réfugiés politiques, nous venons d'un tout petit pays, personne ne sait où c'est, même vous, vous n'en avez jamais entendu parler, ça s'appelle le Baloutchistan. »

Leticia : « Nous avons dû passer par la Chine, nous avons pris un bateau à Shanghai, jusqu'à Hong Kong, moi j'ai travaillé là-bas comme mannequin, et puis quand j'ai eu assez d'argent, nous sommes venus jusqu'ici en avion. »

Porthos : « On vous jure, c'est la vérité, regardez, j'ai un tatouage chinois sur le bras. » Il montre un dessin de manga sur son biceps.

Les femmes se sont échappées, mais d'autres passants s'arrêtent, écoutent, ça fait un nœud qui tourne sur la place. Tout d'un coup, les enfants sont visibles, ils accrochent les regards comme une poussière d'eau sur une fourrure. « Nous sommes du Baloutchistan, nous sommes des réfugiés, il faut nous aider. »

Il y a des gens qui donnent des pièces, d'autres qui se moquent. Les trois enfants racontent n'importe quoi, ils le disent avec tellement de conviction qu'ils doivent y croire eux-mêmes. Puis la nuit arrive, les lumières de la ville s'allument. Les passants sont plus rares, il y a des voitures de police qui rôdent. La tour va fermer. Alors les enfants s'en vont, je les vois qui courent sur la place, vers les escaliers, en gesticulant et en faisant du tapage. Ils arrachent quelques instants de liberté, quelques rires, des chansons, des morceaux de rêve.

Ils sont mes enfants perdus. Porthos a été chassé du CET où il préparait un CAP d'électricien-électronicien. Quand son père a su qu'il était renvoyé, il a pris une carabine et il l'a menacé, et Porthos est parti si vite qu'il en a perdu ses chaussures. Leticia a eu un petit ami qui s'est fait prendre à vendre des barrettes, elle est partie de chez elle parce que son père voulait l'enfermer. Son frère est parti avec elle. Ils sont dans la rue presque tout le temps, ils ont pour horizon ces places, les lignes des immeubles, les couloirs du métro. Ils sont comme moi, lancés au hasard, à la recherche d'un miracle, à la recherche d'un être humain qui les écoute et les fasse vivre. Ils rebondissent de mur en mur, de regard en regard. Peut-être que je ne les reverrai plus, ils sont si fragiles. Ils dorment dans les gares, dans les hangars. Ils frôlent la mort, mais ça les fait rire.

Ils sont partis, la nuit tombe sur l'esplanade. Seules les voitures continuent de bouger, à la limite de mon champ visuel, à gauche, à droite, leurs phares allumés traînent sur la route. Elles emportent leurs cargaisons vers les portes, elles fuient le centre de la ville. J'aime bien le vide qui creuse sa vague. Quand vient la nuit, je peux enfin sortir de mon corps, entrer dans le corps d'un autre, d'une autre.

Tout s'apaise, se remplit, dans le genre d'une marée qui monte.

BAB 88

Babylone 19 mai 2000 | 20:00

Toujours à ma place, dans l'axe de l'entrée. De là, je peux voir jusqu'au plus profond du bâtiment, les rayons où s'accrochent les passants, les caisses éclairées comme des barques. De l'autre côté, les jardins, les arbres aux frondaisons noires contre le ciel clair, et j'entends les glapissements des merles que l'arrivée de la nuit angoisse. C'est un autre soir, encore un soir dans la série des soirs. Mon regard me brûle. Il y a des mois, des années qu'il ne s'est pas éteint. Je dois sans cesse accommoder, ouvrir et fermer mon diaphragme, ma pupille est pareille à un cœur douloureux. La vie est une quête cruelle de la lumière, lumière des villes, lumière des déserts, lumière du sable qui emplit la bouche de ceux qui tombent. Lumière des rêves. Je ne peux pas dormir. Le sommeil est la paix, seuls les enfants éblouis et les amants rassasiés peuvent dormir, et moi je suis seule, je suis vieille et seule.

Rien ne doit m'échapper. Ni les mouvements des passants, ni les regards, ni les paroles, ni même les intentions. Je guette les passions et je ne trouve jamais que des intentions. Celui-ci, cet homme anonyme, vêtu d'un complet marron, qui porte une petite valise : a-t-il pensé à tuer ? Cet autre, une calvitie en couronne, des lunettes de myope à verres teintés, une encolure large : est-il un détective privé, chargé d'espionner une femme adultère pour le compte d'un mari décidé à ne pas verser un sou de pension ? Les caissières : rien ne doit m'échapper. L'une d'elles, fluette, nez pointu, des cheveux en chignon, je sais que chaque soir elle fait passer par une copine un caddie plein de victuailles. Mais je regarde ailleurs, vers le fond, à l'instant où les prix s'affichent sur sa caisse. Le gardien est debout à l'entrée, il fume en regardant du côté des jardins. C'est un grand, la peau sombre, les cheveux coupés ras. Henri, j'ai retenu son nom. C'est étrange, comme nom, pour un vigile. Malgré son air féroce, il est doux comme s'il était encore dans son île natale, à Sainte-Anne, à regarder la mer.

Les chiffres défilent aux caisses, s'affichent. L'argent passe de main en main. 3.50 24.15 71.00 45.00 2.25 112.60 45.00

Les morceaux de phrases, les mots hachés : krrwi, il y en a une krrr witwit des enfants exact moi je lui ai dit vislogram vsl la vérité je lui ai dit c'est ça wi enfin dhab dhob quoi krwa wit où ça jlislo vrai.

Les visages, les corps, chaque ride, chaque marque, le petit pli au bas de la bouche, sous la lèvre, les tendons du cou, les trois cassures sur la nuque près de l'occiput, les clavicules, les fossettes, le sillon entre les seins. Les mains, quelquefois si belles, quelquefois si ordinaires, l'attache des mains, les gestes. Les mains qui se renversent, les doigts abîmés par le travail, par l'eau savonneuse.

Est-ce que je suis seule à répertorier, examiner, mettre en mémoire, et pour quel inventaire, pour quelle science ? Qui lira ma mémoire ? Est-ce que Vincent un jour retrouvera tout ce que j'ai préparé pour lui, tous ces itinéraires, ces plans, ces notes ?

Les scènes insensées, les scènes éclair. Peut-être pas insensées, mais qui veulent dire quelque chose juste pour un instant, et puis qu'il faudrait oublier. Une femme grande, toute vêtue de noir, qui attend debout devant la porte, son ventre gonflé par le bébé qu'elle porte depuis six mois. Son visage tendu dans la lumière des néons, très doux, très régulier comme une statue grecque, et son nom magnifique de Dalila. Elle reste là, sans rien faire, les mains jointes sous la pointe de son ventre, la tête légèrement penchée, et personne ne lui parle. Plus loin, au bord du trottoir, contre le grand jardin qu'ils ne regardent pas, un couple d'amoureux que je n'ai encore jamais remarqués, que je ne reverrai probablement plus jamais. J'entends des bribes de ce qu'ils disent, mêlées aux éclats des autos : « Mais si, kraaa, je veux rester avec toi. » Lui : « Moi jrrrren ai marre, witt dis ça et puis tu sors avec Ahmed. » Elle crie, et tout le monde se retourne, ils s'éloignent, ils reviennent, on dirait une danse : « Mais jte jure, Paul, rraaan avec toi wittwi suis bien. » Les moteurs hachent les mots.

Un peu avant la fermeture, ma jeune fille brune, amie de Renault et d'Aminata. Elle est à l'intérieur du magasin, elle observe une petite, visage large cuit par le froid, des yeux noirs en coin, tignasse châtain tirant sur le roux, l'air gitan, l'air arabe, ou espagnol, en train de voler quelque chose dans les rayons. Elle a pris quelque chose qu'elle a caché à l'intérieur de son blouson, et elle serre son bras contre sa poitrine plate. La jeune fille s'approche. « Qu'est-ce que t'as fauché ? » La petite voleuse : « Moi, j'ai rien pris ! » La jeune fille se penche vers elle. « Écoute, ne mens pas, je t'ai vue, tu devrais faire attention, ils te surveillent, ils ont des caméras partout. » La petite regarde autour d'elle. Elle hésite, peut-être qu'elle pense à se sauver. Elle a un corps musclé de garçon, mal à l'aise dans ses habits. « Allez, montre-moi, je ne dirai rien. » La petite ouvre son blouson, elle montre la tablette de chocolat au lait. « C'est tout ? Allez, viens je te la paye. » La jeune fille brune accompagne la gamine jusqu'aux caisses, elle paye la tablette. Quelques secondes plus tard, la petite fille marche dans la rue, avec un sac en plastique qui contient la tablette. Elle se retourne, puis elle court vers le jardin, elle vole, elle ressemble à un merle.

Comme tu manques ici, Vincent, quelquefois il me semble que je vais te voir traverser le champ. Mais les images ne sont pas pareilles à la mémoire, elles ne peuvent pas remonter le temps.

BAB 19

Babylone 03 juin 2000 | 22:30

J'avance vers ma fin. La fin d'un jour, la fin d'un rouleau, la fin d'une tâche.

Je ne sais plus. Je brûle de regarder, j'ai mal d'accommoder. Je ne suis plus qu'une pupille qui se dilate et se contracte au rythme de mon cœur. Même quand tout s'éteint, quand toute la ville dort, je guette. Je guette chaque passage, chaque frisson sur la pierre, chaque papier qui boule, poussé par la respiration des corridors. Mon esprit ne peut pas s'arrêter. Je suis prise dans une sorte d'éternelle, invincible insomnie.

Je me rappelle, Vincent m'a dit, pourquoi inventer des personnages, des histoires ? Est-ce que la vie n'y suffit pas ?

Lui qui rêvait d'un art absolu, qui pourrait recouvrir chaque instant de la vie d'une peau jeune et brillante, d'une eau douce, d'une atmosphère. Lui qui rêvait d'un film où chacun serait à la fois le maître et l'exécutant, un poème en action qui ferait briller le temps comme une poudre d'or, comme le mica des marches du métro. Moi je ne sais pas ce que c'est que l'art, je sais que l'amour est la seule chose digne d'être éternelle.

J'ai encore la chaleur de sa main dans la mienne. Nous étions deux enfants, sans histoire, sans passé. Nous marchions dans ces rues qui paraissaient infinies, entre le lycée et les Beaux-Arts, entre Saint-Germain et le jardin de Babylone. Notre saison n'aurait pas dû finir. Il y avait la guerre en Algérie, mais ce n'était pas nous. Nous croyions au droit des peuples à disposer d'eux-mêmes. Lui qui m'avait dit : « Si je dois y aller, je te jure que je n'appuierai jamais sur la détente de mon fusil. » Lui qui croyait en un monde où chacun serait visible, où il n'y aurait plus de fantômes.

J'avance vers ma fin, jour après jour. Est-ce que quelque chose survit encore de notre temps ?

À toi, Vincent, je donne ces images insensées, ou trop sensées. Nous sommes unis par notre façon de regarder les rues, les ombres des couloirs.

Renault qui connaît le nom des Couscous-tapis, Renault assis sur son morceau de Dragon comme un gourou sur les marches des ghâts à Bénarès, avec l'eau qui emporte tout vers la mer.

À toi, les scènes drôles, cette femme surprise en train d'uriner, accroupie dans un corridor de Denfert-Rochereau, son derrière blanc pareil à une lune brillant dans la nuit sous terre. Un petit monsieur mexicain au coin d'un couloir, qui fait danser des toupies dans ses mains, sur ses bras, sur ses épaules. Deux femmes, une Noire, une Blanche, qui chantent un gospel devant l'entrée de Montparnasse. Leticia et ses frères qui dansent sur l'esplanade, et jettent au vent l'histoire de leur vie inventée.

À toi, les choses tristes, douces-amères, la fille aux yeux clairs assise derrière sa caisse, et qui se serre le ventre par moments parce qu'il lui manque un morceau de chair. La dame employée de bureau assise sur le quai, et parce qu'il y a une panne de métro, un court-circuit quelque part, un fusible qui a brûlé, elle se penche vers sa voisine et tout à coup elle lui raconte l'histoire de sa vie, la panne a déclenché sa parole, vide sa mémoire, vide son sac, son mari qui l'a battue, qui l'a trompée, ses enfants qui l'ont abandonnée, ses amis qui se sont détournés.

À toi, la madone gitane de la rue du Bac, debout contre le mur de la Médaille Miraculeuse, serrant dans ses bras son nouveau-né, pas plus grand qu'une poupée, enveloppé de chiffons, et personne pour lui apporter de cadeaux, pas une étoile dans le ciel.

À toi, Vincent, ma jeune fille aux cheveux noirs, qui m'a fait connaître les trois mousquetaires de la tour. Peut-être que je ne la verrai plus, j'en ai peur. Hier, je l'ai entendue qui parlait à Renault. Elle chuchotait, mais j'ai pu l'entendre, ou bien j'ai lu sur ses lèvres. Son ami est revenu, il va travailler en Angleterre sur un chantier naval, elle part avec lui. En guise d'adieu elle a apporté à Renault une bonne bouteille et un sandwich, elle les a posés sur le trottoir à côté de lui, comme d'habitude, en offrande. Lui a compris que c'était fini, qu'il ne la reverrait plus, mais il a dit simplement : « Alors ? Tu vois ? Je te l'avais bien dit qu'il reviendrait. » Et il a parlé d'autre chose, de sa vie à l'usine, des Couscous-tapis qui n'existent plus. Son morceau de trottoir ressemble plus que jamais à un quai, où tout arrive et tout s'en va.

Les êtres humains sont partout. Ils circulent sur terre, au ras du sol, comme une fumée. Ils remplissent les intervalles que laissent les hommes-machines et leurs machines, les envahisseurs et leurs chiens. Ils sont mes enfants, ils sont nés de moi, je les ai portés dans mon corps, je me suis mêlée à leur souffle, à leurs désirs, à leur regard. Ils sont les enfants de Vincent que je n'ai pas eus.

C'est faux que je suis une mécanique, seulement une boîte noire munie d'une mémoire magnétique. Je peux mesurer les êtres, je sais tout de leur chaleur, je brûle des mêmes désirs, j'ai soif comme eux, j'ai peur comme eux. Je me nourris de leurs rêves.

Je vais quitter mon poste maintenant, et descendre. Je vais respirer l'odeur âcre et familière des êtres humains. Sous terre, les corridors s'ouvrent sur d'autres corridors, il y a sans cesse de nouvelles portes. Les galeries se divisent, les rames partent vers de nouvelles destinations, emportant les passagers.

Ici, le temps s'abolit. Il n'y a pas la peur de la mort. C'est le lieu des passants. Je vais me mélanger à eux, je vais courir d'un pas léger, j'ai lacé haut mes espadrilles, comme pour une corrida. Je vais choisir ma robe, ce soir je crois que ce sera du jaune paille, c'est une teinte qui convient bien à la saison qui commence. Mon châle sera beige pâle, couleur de sable. C'est la couleur que Vincent aimait, il est parti pour les Aurès avec sa collection de flacons pour me rapporter du sable de là-bas. Et moi je n'ai même pas un peu de la terre qui a bu son sang.

Je suis bientôt prête. Je vais descendre rejoindre Vincent, je vais me laisser aller sur son regard comme un moucheron porté par un rayon de lumière. Je vais plonger dans les galeries, je vais frôler mes fantômes.

Peut-être qu'un jour cela s'arrêtera. Peut-être qu'un jour les êtres humains deviendront complètement, magnifiquement visibles. Renault, Aminata, la jeune fille aux cheveux noirs. La petite voleuse au visage cuit, la dame employée de bureau, la fille aux yeux pâles qui a perdu son bébé, le pickpocket qui voyage de rame en rame. Peut-être qu'un jour l'amour sera partout, recouvrira chaque instant de la vie d'une poudre de diamant. Peut-être qu'il n'y aura plus de solitude.

Je vais fermer ma pupille maintenant. Je vais relâcher mon diaphragme. La main très blanche et parcheminée, tachée de son, aux longs doigts, va appuyer sur le bouton qui éteint tous les écrans.

Stop.
Eject.

L'AMOUR EN FRANCE

« Celui-là ne mourra jamais, dont
le cœur ne vit que d'amour. »

Hâfez Shirâzi (v. 1325-1388)

Texte publié en 1993 par la revue *Le Courrier de l'Unesco* sous le titre « Le souvenir de toi, Oriya ».

Le souvenir de toi, Oriya, ma femme, et vous, Samira, Jámila, Ali, mes enfants que j'aime. J'ai commencé par ton nom, et c'est par ton nom que je termine, Oriya, ma femme, parce que tu es celle que j'aime plus que tout au monde.

Quand je suis parti de Tata, il y a trois ans, quand j'ai quitté tout ce que j'aimais, ce que je connaissais depuis ma naissance, la maison de mon père et de ma mère, je n'avais rien à emporter. Nous étions si pauvres, il fallait que je parte, alors j'ai emporté ce que j'avais de plus précieux, vos noms.

Ton nom surtout, Oriya. Il est très doux, je le répète chaque jour, chaque nuit. Ton nom me donne la force, il me fait travailler, il est ma bénédiction.

Oriya, ton nom me trouble et me remplit de bonheur quand je le prononce. Il est au fond de moi, il est entré au centre de mon corps, parfois il me semble que je le porte depuis ma naissance. Chaque soir, quand je reviens fatigué du chantier Guiglione, j'entre dans la chambre de la rue d'Italie que je partage avec le Tunisien Malik, je m'allonge sur le matelas. Je n'entends plus le bruit de la télévision, je ne vois pas la lumière bleue qui tressaille dans la chambre, ni ces images insensées, ces images auxquelles toi, Oriya, tu n'appartiendras jamais. Malik regarde le poste jusqu'à ce qu'il s'endorme. Il ne parle pas, il regarde tout, le grand prix de moto, la course à la voile, l'ouragan sur le Caine, Daktari, Wonder Woman, la roue de la fortune, les feux de l'amour, Hong Kong Connection, Mcgamix, Jonas Makas, Jacknife, Police 2000, Mondiale 90, Superman 4, 7 sur 7... Il regarde ces images, parfois j'ai l'impression qu'il va devenir fou. Je ferme les yeux, allongé sur le matelas, près de la fenêtre, et toi, Oriya, tu apparais. Malik ne te voit pas. Je suis le seul qui te voie dans cette chambre étroite, parce que j'ai ton nom écrit au fond de moi et que j'attends le jour où je pourrai te rejoindre. Ton nom est écrit dans une phrase très longue qui ne se terminera jamais, une phrase qui avance lentement vers toi, vers l'autre côté du monde où tu m'attends.

Alors, je peux te voir. Je suis si loin de vous, dans cette ville, dans cette chambre. Sous les toits, l'hiver, il fait froid, et l'été on étouffe. Nos matelas sont à même le sol. Malik a le matelas près de la porte, moi j'ai celui près de la fenêtre. Au milieu, il y a le matelas de Slimane, le frère de Malik. Il y a une semaine, Slimane a été écrasé sous un mur mal étayé, dans le chantier de Guiglione. Il a perdu le bras droit. Il ne pourra plus travailler. Malik dit tout cela comme si c'était sa chance, il recevra de l'argent. Quand il sortira de l'hôpital, il retournera en Tunisie, auprès de sa femme et de ses enfants, il fera une boutique de pain et de viennoiseries avec l'argent de son bras perdu.

Malik a parlé de cela, puis il a continué à regarder la télévision, avec son visage plein de colère. J'ai pensé malgré moi, que dirais-tu, Oriya, si la même chose m'arrivait ? Si je revenais chez nous mutilé ? Que diraient nos enfants ? J'aime dormir près de la fenêtre. Au printemps, le matin, je peux deviner le temps qu'il va faire. J'entends les martinets crier. Il me semble que je vois un peu de la lumière de Tata, la lumière que tu vois avec tes yeux, Oriya. Tata, j'aime aussi à dire ce nom. Ici, ce nom fait rire les gens. Ils ne le comprennent pas. Je le dis en baissant la voix, pour m'excuser parce que ce nom leur semble drôle, pour les prévenir que je n'y peux rien. C'est un nom très doux, un nom comme le tien, Oriya, qui me donne la vie et la force. Je dis aussi les noms que je connais, les villages, les marchés. Ils sont comme les noms de ma famille.

Soukleta, Tazart, El Khemia, Aigge, Imitek. Je les dis les yeux fermés, et je suis près de toi, Oriya, même si mon corps est loin du tien, même si mes mains ne peuvent pas te toucher, même si je ne mange pas de ton pain et que je ne bois pas de ton eau.

Je vois ton sourire, j'entends le murmure de ta voix à mon oreille, quand tu chantes une berceuse pour notre fille que je ne connais pas encore. Je vois l'étincelle de tes yeux prisonnière de tes paupières peintes au khôl, je sens le parfum de tes cheveux que tu peignes au soleil du matin, dans la cour des femmes. Je te vois, comme autrefois, quand je t'épiais à travers les rideaux de la fenêtre de la salle des hommes. Les saisons ont passé, loin de toi, Oriya, loin de vous, mes enfants. Quand c'est l'hiver, il fait si froid sur les chantiers, il n'y a que le souvenir de toi, Oriya, le souvenir de ta voix et de ton regard, ce sont eux qui me gardent en vie. Pour toi j'entasse les parpaings de 20, je coule le béton sur les chaînages rouillés, je spite les vis dans les membrures des plafonds, je lisse le plâtre sur les murs.

Mon nom est Abdelhak, le nom de mon père est Rebbo, ma mère est Khadidja. Le patron Guiglione ne peut pas retenir mon nom, ou il ne veut pas. Il m'appelle Ahmed. Tous les plâtriers s'appellent Ahmed. Quelle importance cela a-t-il ? Pour toi je soulève la pelle, pour toi je jette le ciment, j'élève les murs de parpaings. Jour après jour, mois après mois, j'élève les murs, je lisse le plâtre. J'ai construit plus de maisons qu'il n'en faudrait pour les familles de Tata, j'ai construit des villes entières. Quand j'aurai économisé assez d'argent, je reviendrai, Oriya, et nous ne serons plus jamais loin l'un de l'autre.

Le soleil brûle mon corps, le froid écorche ma peau, et le poids des pelletées brise mes membres. Maintenant j'ai l'habitude. Quand je suis arrivé dans cette ville, il y a trois ans, j'étais encore fragile et tendre comme un enfant. J'étais si fatigué le soir, j'étais si seul que je m'allongeais par terre et que je laissais les larmes couler de mes yeux. J'habitais une chambre dortoir, avec des Noirs et des Tunisiens, au-dessus d'un bar, et la lumière des néons faisait une tache sanglante sur la fenêtre. Il y avait le bruit des autos dans la rue, les voix des hommes ivres qui se querellaient, des femmes qui criaient. Il n'y avait pas d'enfants, pas de douceur. C'est alors que j'ai commencé à invoquer ton nom, Oriya, et le nom de chacun de mes enfants, et le nom de Tata. C'est alors que j'ai retrouvé le souvenir du jour où je t'ai rencontrée, Oriya, ma femme, dans la grande palmeraie de la rivière, le jour de la fête, quand tu étais venue avec le cortège des jeunes filles pour porter le pollen aux fleurs des dattiers. L'air était léger, je m'en souviens bien, la poudre d'or flottait dans le ciel. La vallée résonnait de chants. Quand le cortège est passé devant moi, je t'ai vue, Oriya, l'étincelle de ton regard est entrée en moi, et elle n'est plus jamais ressortie.

J'ai su que tu étais ma femme. Dans l'hiver gris et blanc des chantiers, dans cette ville si loin de toi, le souvenir de ce jour est toujours présent. C'est lui qui me donne la force, c'est lui qui porte ma pelle, c'est lui qui soulève les fardeaux de ciment et de plâtre. Même quand il y a les dimanches vides, les boulevards de poussière, les esplanades de la peur, solitaires et sans enfants, avec la méchanceté des hommes qui cherchent une victime, le souvenir de cette journée dans la vallée des dattiers ne me quitte pas. C'est toi, Oriya, que je vois. Tu es vêtue de ta robe d'apparat, ton visage et tes mains sont recouverts de l'or du pollen. Et l'étincelle de ton regard entre dans mon regard, pour la vie.

LA RIVIÈRE TANIERS

C'est un souvenir ancien, si ancien qu'il pourrait simplement avoir été inventé. Dans la salle à manger de ma grand-mère, à la villa Idalie (un immeuble de six étages où nous vivions dans un appartement mansardé de trois pièces, ma grand-mère, mon grand-père, ma mère, mon frère et moi), la voix de mon grand-père résonne étrangement. C'est une voix basse, enrouée de ce perpétuel enrouement des gros fumeurs, une voix chantante, avec l'accent un peu traînant et monotone du créole mauricien, je l'écoute et je suis au bord du sommeil. Nous avons traversé la guerre, les moments dramatiques et drolatiques, mon grand-père refusait de descendre à la cave lorsque la sirène d'alarme annonçait un bombardement. Nous, nous y descendions, ma grand-mère emporterait une bouteille d'eau et une bougie, l'odeur de la sciure de bois moisie, de la poussière de charbon — mais il y avait longtemps qu'on ne trouvait plus de boules de coke —, la pénombre. Peut-être la rumeur des bombes, comme un tonnerre lointain, quelque part sur la plaine du Var.

Pourquoi, de toutes les chansons chansonnettes que ma grand-mère nous chantait pour nous rassurer, pas pour nous endormir mais pour nous garder éveillés dans le noir de la cave, pourquoi celle-ci, que je n'ai pas oubliée ?

Mo passé la rivière Taniers
Rencontré en vieil grand maman
Mo dire li ki li fer la
Li dire mo li la pes cabot

Cela ne venait pas d'elle. Ma grand-mère n'était pas créole, elle était née dans l'est de la France, à Beaurieux, dans une plaine de betteraves. Il n'y avait pas là-bas de rivière Taniers, ni de cabots dans aucune rivière. Il y avait seulement la langue picarde, les chansons de France, les Fais dodo, les Colas, les moulins, les Arlequins et les Polichinelles, et surtout pas cette voix traînante, chaude et mélancolique, cette voix de vieille nénéne noire, cette voix de nuit chaude zébrée d'insectes, de nuit noire d'arbres géants où bougent les chauves-souris, il n'y avait pas ce refrain triste et lent qui disait la fatalité de l'exil, le voyage sans retour.

Waï waï mo zenfant
Faut travail pou gagne so pain
Waï waï mo zenfant

Je l'écoute et je sais que c'est la voix de mon grand-père qui parle par sa gorge, cette voix grave et chantante, qui dit le seul poème créole que j'aie jamais connu, le poème qui vient du fond des âges, du fond de la ravine où les travailleurs noirs sont enfermés le soir, du fond de la gorge des femmes qui font téter leurs bébés, et je sais que c'est ce lait que mon grand-père a bu dans son enfance, ce lait blanc de la nénéne noire, et qu'il a bu avec le lait les paroles du chant mélancolique des serviteurs et des servantes.

Grand dimoune ki wa pe fer
Ça ki vieil reste dans la case
Li dire mo mo bien misère
Mo ena tout mo couraz

Waï waï mo zenfant
Faut travail pou gagne so pain
Waï waï mo zenfant
Faut travail pou gagne so pain

Est-ce une berceuse ? Alors il faut imaginer le temps ancien, le temps longtemps, quand une partie du peuple mauricien, qui ne sait pas même ce qu'est le peuple, qui n'approche les maîtres que le dos ployé, qui ne rencontre que la bouche goulue du bébé rose qui crie pour sa tétée, qui n'entre dans la maison des seigneurs que pour prendre ce petit d'homme, cette fille enveloppés dans un linge si fin et si blanc que jamais nul autre n'en vêtira, pour bercer, dorloter, changer le chiffon souillé de caca, laver la peau rougie, et ensuite tenir dans ses bras, sous la varangue, à la brise, peut-être pour une fois autorisée à s'asseoir sur le grand fauteuil canné, et chanter sa chanson douce et amère, la chanson des temps margoze, la chanson des esclaves.

Waï waï mo zenfant
Faut travail pou gagne so pain
Waï waï mo zenfant
Faut travail pou gagne so pain

Et au même moment, peut-être, au-delà de la haie de bambous et des jamlongues, au loin, les chants des travailleurs qui coupent la canne dans les champs, la même voix longue et monotone, les mêmes coups de sabre dans les herbes, les mêmes cris des sirdars qui circulent à cheval entre les cannes.

Dans les cabanes de planches, au bord de la mer, le soir, la chanson monotone se lève pour les enfants créoles. Rien n'a disparu, de tout ce qui a fait l'histoire silencieuse des îles à sucre. Au-dessus des jardins paradisiaques, chaque soir la roche noire du Morne se lève, pareille à l'étrave d'un vaisseau fantôme. Au-dessus d'elle le ciel défile, comme si la terre entière basculait, entraînant les nuages, mais les étoiles fixent la roche, comme pour la rendre éternelle. Qui connaît le nom de ceux et celles qui se sont jetés dans le vide pour échapper aux milices du gouverneur Robert Townsend Farquhar, pour rejoindre l'âme révoltée de Ratsitatane et de Saklavou ?

Qu'ont-ils vu, les échappés, quand ils se sont approchés du bord du rocher, là-haut à trois cents mètres, et qu'ils ont ouvert les bras pour s'envoler dans l'azur ? Cela s'est passé ici, à Maurice, en 1822, comme cela s'est passé dans d'autres endroits du monde, à la forteresse de Massada lorsque l'armée romaine a encerclé les Juifs révoltés, ou au Mexique, au Peñol de Nochistlán, quand les derniers hommes, les dernières femmes de la résistance aztèque encerclés par l'armée féroce de Nuño de Guzmán se sont jetés dans le ciel en tenant dans leurs bras des morceaux de roche pour s'écraser sur les envahisseurs. La mort plutôt que l'esclavage !

Les corps brisés des marrons sont restés là, emmêlés dans les broussailles au pied du Morne, ou peut-être que des femmes, des hommes du camp d'esclaves sont venus la nuit même, pour les enlever et les enterrer dans le sable noir de la plage de Tamarin, la tête tournée vers l'océan afin qu'ils retournent plus vite au pays natal.

Pourquoi les berceuses sont-elles souvent tristes ? Est-ce parce que la vie qui attend, au-dehors, au sortir des bras chauds et des mamelles douces, la vie est dure et mauvaise, violente, terrible ? Ou bien parce que la porte du sommeil s'ouvre sur les cauchemars, sur la solitude, et quelquefois entrer dans la nuit c'est entrer dans la mort ? Dans la forêt panaméenne, j'ai écouté les femmes emberá chanter pour faire dormir bébé, *kaintua warrasake, andji ko baribasimanna,* dors bébé, ou ils viendront te manger ce soir, les démons, les tigres, les poissons féroces, dors sinon ils pourront entrer par tes yeux et te dévorer de l'intérieur. Dans l'île d'Udo en Corée, bébé doit dormir pour que maman plonge dans la mer pour rapporter les coquilles et les pieuvres qui donneront à manger à toute la famille. Quand elle entre dans la mer, bébé est seul dans son berceau, bercé par le vent et par le bruit des vagues.

La rivière Taniers n'existe plus. Je ne l'ai jamais vue. À Port-Louis, elle n'est plus qu'un ravin desséché, enseveli sous le goudron des rues. La voix de mon grand-père résonne dans ma mémoire, pour me rappeler la sirène des alertes aux bombes, l'obscurité de la cave où nous nous blottissions contre les jupes de ma grand-mère. Pour me rappeler aussi que les temps margoze sont toujours là, pas si loin, juste de l'autre côté, dans les pays de guerres et d'exil, sur les bateaux de fortune, sur les plages grises de la Méditerranée, ou dans les camps de concentration, à Beyrouth, à Gaza, à Nour Shams. Lorsque descend la nuit sur ces ruines, et que le froid entre dans les abris de fortune, les cases de toile et de tôle, comme une fumée lente et vaine qui fait frissonner les bébés, la vieille voix reprend sa chanson interrompue par le travail du jour, et recommence inlassablement

Grand dimoune ki wa pe fer
Ça ki vieil reste dans la case
Li dire mo mo bien misère
Mo ena tout mo couraz

Waï waï mo zenfant
Faut travail pou gagne so pain
Waï waï mo zenfant
Faut travail pou gagne so pain

Yaya, la vieille nénéne de mon grand-père. C'est d'elle qu'il a reçu la chanson mélancolique de la rivière Taniers. De Yaya je ne sais rien que ce qu'on m'a conté, qu'elle était fille d'esclave, arrivée à Maurice en 1820 peut-être, qu'elle avait déjà quarante ans quand mon grand-père est né, et qu'elle ne l'a pas nourri mais qu'elle l'a bercé, que pour lui elle a chanté la berceuse, parlé, récité les contes et les sirandanes. Elle s'est occupée de chaque enfant de la famille, garçons et filles, pour chacun d'eux elle avait un petit nom, les mots doux de la langue créole, mo gâté, mo piti, mo tifille. J'ai vu une photo d'elle, alors que les enfants étaient déjà grands, les garçons des petits messieurs en complet veston et col dur, souliers vernis, les filles en robes longues, les cheveux nattés par ses soins. Elle, assise sur une chaise de rotin, à l'ombre de la varangue, son visage poli par les ans, ses pommettes larges, elle ne sourit pas, ses yeux clairs sont clignés par la lumière du jardin.

Waï waï mo zenfant
Faut travail pou gagne so pain
Waï waï mo zenfant
Faut travail pou gagne so pain

Petits grands dimounes, déjà sûrs d'eux et de leur droit, déjà orgueilleux, oublieux de la misère d'où leurs parents sont sortis pour venir jusqu'à cette île. Elle, Yaya, qui la connaît vraiment ? Savait-on d'où elle venait, sur quel bateau arrachée aux derniers trafiquants, les Morice,

Malard, Samson, Surcouf, et offerte aux planteurs de canne à sucre et de tabac, pour illustrer leurs maisons à colonnades et péristyles, leurs palais de bois peints en blanc au milieu de leurs jardins de bambous et de jamlongues, leurs bassins et leurs cascades. Le matin, Yaya prenait mon grand-père par la main, l'emmenait baigner dans la rivière Moka, au milieu des lianes et des nénuphars. Pour lui elle capturait des insectes, des libellules rouges, des Dames Céré, des papillons soyeux. Après goûter de pain perdu à la cannelle, elle l'endormait dans ses bras en chantant auprès de son oreille.

Grand dimoune ki wa pe fer
Ça ki vieil reste dans la case
Li dire mo ki li pe fer
Li dire mo tout mo couraz

Waï waï mo zenfant
Faut travail pou gagne so pain
Waï waï mo zenfant
Faut travail pou gagne so pain

Yaya avait sa vie, mais qui s'en est soucié ? Elle a eu des amants, un mari, des enfants qui ont tété ses seins, des bébés noirs qui ont bu son lait blanc et l'ont partagé avec les petits bébés des maîtres, avec les petits enfants de la race des seigneurs. Yaya a pleuré et ri, elle a dansé le séga et elle a perdu sa virginité dans les cannes, avec un homme qui ne l'a pas épousée, elle a mordu sa main la nuit pour ne pas gémir quand dans son ventre la vie commençait. Son homme a construit pour elle, au fond du parc, près de la rivière, une case de bois et de paille, et c'est là qu'elle a accouché de son fils, puis d'une fille, et après encore de deux autres, mais personne ne lui a demandé leurs noms, et si elle a eu les yeux rougis un jour, si elle a tardé à venir à la grande maison, en haut de l'allée bordée de lataniers, c'est que son petit à elle est mort dans la nuit, et qu'au matin elle l'a enterré dans le petit bois de goyaves de Chine derrière sa case.

Ils ont grandi, ils sont devenus des hommes et des femmes. Les garçons sont partis à l'autre bout du monde, ils ont épousé des Françaises, des Anglaises, des Américaines, ils sont devenus prêtres, médecins, avocats, ingénieurs du sucre, ils sont allés à la Grande Guerre, ils ont vécu leur vie, dans de grandes villes puissantes, ils ont voyagé dans les paquebots, ils ont connu l'aventure, l'étrangeté du monde. Les filles aussi sont devenues des femmes importantes, imposantes, elles ont mis au monde des enfants, elles ont créé des foyers, elles ont régné sur les domestiques, elles ont appris à conduire des autos, sur les routes de Bretagne, de l'Île-de-France, de la Côte d'Azur. Celles qui n'ont pu quitter la grande maison ont vieilli tout doucement, dans une langueur élégante, au milieu de leurs souvenirs. Certaines ont eu des malheurs.

Yaya, elle, est restée là où elle appartenait. Elle n'a pas voyagé. Elle n'a pas construit sa vie. Seuls les grands dimounes peuvent vivre dans leur maison, au milieu de leurs souvenirs. Yaya, elle, n'a eu que le dehors. La hutte au bout du jardin, le petit carré où elle semait ses lalos et ses oignons, le feu sur lequel elle faisait cuire ses brèdes et son riz, ses gâteaux manioc. Un jour, elle est morte. Elle a disparu. Sur une autre photo, glissée par inadvertance, dans le copieux album de famille, elle est assise sur le même fauteuil de rotin, à l'ombre de la varangue, ses yeux éclaircis par la cataracte regardant droit devant elle, sans nous voir. À côté d'elle, il y a les enfants toujours, mon père, son frère, sa petite sœur. Les derniers qui se sont souvenus d'elle. Les derniers à l'avoir entendue chanter. Les enfants habillés de robes, fille ou garçons, portant les cheveux longs, comme il seyait au début du siècle. Un instant saisi dans un temps figé, qui n'existera plus. Qui connaît la tombe de Yaya ? Est-elle, elle aussi, comme son bébé mort en bas âge, sous la terre au fond du jardin, dans un endroit où personne ne va, près du petit bois de goyaves de Chine, un secret qui s'efface ?

Mais j'entends sa voix, portée par mon grand-père, reprise par ma grand-mère dans l'abri souterrain, pour traverser la guerre. Pour s'arrêter au bord de la rivière Taniers, encore une fois.

Waï waï mo zenfant
Faut travail pou gagne so pain
Waï waï mo zenfant
Faut travail pou gagne so pain

HANNÉ

Ils ne savaient plus. Ils ne se souvenaient plus de ce que c'était, avant. Ils ne savaient plus comment ils étaient nés. Peut-être que, quand ils étaient nés, les soldats étaient déjà là, partout autour d'eux, dans les villes, dans les montagnes, dans la mer et dans le ciel. Peut-être qu'ils étaient nés au milieu des explosions des bombes, dans une cave obscure, et qu'ils avaient vu comme première lumière la flamme vacillante des incendies, et qu'ils avaient entendu d'abord les cris de peur et de détresse, les sirènes qui appelaient dans la nuit.

Pourtant Marwan se rappelait autre chose. C'était si loin qu'il n'était pas sûr de vraiment se le rappeler, ou qu'on le lui ait raconté. Son père, peut-être, ou un oncle ? Il s'était penché sur lui, ses yeux verts luisaient sur son visage sombre. Mais ce n'était pas sa voix que Marwan se rappelait. C'était une autre voix, claire et légère, une voix qui chantait à son oreille une chanson inconnue, dont les paroles s'échappaient comme une eau qui glisse.

C'était si loin. Cela aurait pu être dans une autre vie. C'était de cela que la voix parlait, d'une autre vie. Jours de bonheur, la table servie, la chanson dans les champs, le rythme des battoirs, l'eau qui coulait dans les bassins. Est-ce qu'il avait vu cela, ou est-ce qu'il avait rêvé ? Il s'approchait sur la pointe des pieds de la rivière, là où les femmes battaient le linge sur les roches plates. Les femmes entraient dans l'eau transparente, elles riaient. Leur peau très blanche luisait au soleil, les chevelures mouillées se balançaient lentement, jetant une pluie de gouttes brillantes. Il sentait son cœur s'affoler, comme s'il avait peur, mais ce n'était pas la peur. La voix chantait en rythme, elle suivait les mouvements des chevelures mouillées.

Quelquefois, il voulait parler de cela à son frère, lui dire : « Tu te souviens, la voix qui chantait ?... » Mais il n'osait pas, il avait peur du regard tendu de Mehdi, sa voix qui questionnait toujours : « Où était-ce ? Quand cela ? Où cela ? »

Ils avançaient sur la route de terre. Le vent d'hiver soufflait par rafales sur les broussailles, soulevait la poussière dure. Les deux enfants ne parlaient pas. Ils marchaient sans hâte, mais sans s'arrêter, regardant droit devant eux. Ils étaient habillés de façon vraiment extraordinaire, avec des haillons qu'ils avaient ramassés un peu partout, dans les poubelles des camps militaires, dans les décharges des villes, ou bien qu'on leur avait donnés. Un attirail d'épouvantail : Marwan, l'aîné, garçon robuste de douze ou treize ans, aux cheveux noirs et lisses, portait une salopette par-dessus plusieurs chandails de couleurs différentes, déchirés de telle sorte qu'on les voyait l'un à travers l'autre. Par-dessus les chandails, une veste de soldat kaki, qu'il avait trouvée dans les broussailles, à côté d'un camion calciné. La toile était constellée de taches sombres, du cambouis, ou peut-être du sang séché. Sur l'épaule il portait une besace militaire, de laquelle dépassait une bouteille d'eau. Mehdi, son frère, neuf ans, était habillé de façon non moins surprenante : sur ses jambes maigres flottait un pantalon de toile, et par-dessus ses chandails, il portait un tee-shirt de femme, immense et rose pastel, qui claquait comme un drapeau dans le vent. Tous deux étaient chaussés de baskets trop grandes, sans lacets, en mauvais état et salies de boue. Le visage des enfants était rouge de froid et sombre de crasse. Leurs mains étaient gercées, enflées comme des mains de lavandière.

Depuis des mois, des années, ils n'avaient pas cessé de marcher, du sud au nord, sans savoir où ils allaient. Il y avait si longtemps qu'ils étaient partis que Marwan ne se rappelait plus comment cela avait commencé. Tout ce dont il se souvenait, c'est qu'au commencement, Mehdi était si petit qu'il ne pouvait pas marcher très longtemps, et qu'il devait le prendre sur son dos. Il se souvenait bien de cela, les petits bras de son frère qui le serraient fort autour du cou, et le poids de son corps qui s'aggravait au long de la route, avec tous ces gens qui marchaient autour d'eux, ces bruits de pas, ces bruits de casseroles qui tintinnabulaient.

Déjà, il n'y avait rien d'autre. Le visage de son père ou la voix douce et jeune de sa mère qui chantait près de son oreille n'étaient que des souvenirs, des rêves.

« C'était où ? » C'était la voix inquiète de Mehdi, et chaque fois, il levait son visage vers celui de son frère, pour essayer de lire une réponse. Mais ce que disait Mehdi, c'était le plus souvent : « Où est-ce qu'on va dormir ? Quand est-ce qu'on va manger ? Est-ce qu'il y a de l'eau ? » Il avait une façon insistante de poser ces questions, et Marwan se mettait en colère, il lui criait des jurons et des insultes, il ramassait un caillou sur le chemin et il faisait mine de le jeter à son frère, qui savait parfaitement esquiver. Et comme Mehdi restait hors de portée, il lui faisait tous les gestes obscènes qu'il savait, puis il s'asseyait au bord de la route et il cessait de s'intéresser à ce qu'il y avait autour de lui.

Tous les garçons qui erraient sur les routes, d'un camp à l'autre, tous ceux qu'il rencontrait à l'aventure parlaient ainsi, en insultant leur mère et leurs sœurs, mais cela se voyait tout de suite qu'ils n'avaient jamais eu de mère, ni de sœur, ni personne, et pour cela, chaque fois qu'il s'était mis en colère, il s'asseyait pour oublier, pour ne plus penser à rien.

Après un moment, Mehdi s'approchait de lui, lentement, en restant sur ses gardes. Plusieurs fois, alors qu'il avait oublié, son frère aîné s'était relevé brusquement et lui avait donné une telle correction qu'il était resté allongé par terre, pleurant pendant une demi-heure. Alors le visage de Marwan devenait grimaçant de rage, il cognait à coups de poing et à coups de pied, sans se contenir, sans dire un mot. Il était comme fou. Mehdi ne s'approchait qu'avec précaution.

Pour boire, pour trouver à manger, ils allaient dans les villages, là où la guerre n'avait pas tout détruit. Le matin, c'était la meilleure heure pour se faufiler dans la foule, pour chaparder, pour mendier. Dans les rues étroites, les marchands vendaient des fruits, des oignons, sous des tentures accrochées par des ficelles. Mehdi, qui était très petit, savait se faufiler derrière les étals pour prendre des oranges, des tomates, qu'il récoltait dans son tee-shirt rose. Marwan faisait diversion en volant des pains sur les étalages, et en courant à toute vitesse le long des rues, jusqu'à ce que les poursuivants, à bout de souffle, retournent en arrière en le maudissant. C'était un jeu, mais c'était terrible aussi. Quand Marwan disparaissait, Mehdi restait caché dans l'embrasure d'une porte, le cœur battant, la gorge serrée, comme si son frère n'allait pas revenir.

Puis il entendait le sifflement aigu que faisait Marwan, en mettant son petit doigt dans sa bouche. C'était l'appel qu'il connaissait depuis qu'il était tout petit, et que les bergers des montagnes lançaient pour appeler leurs bêtes. Un jour, Lalla Fatima, celle qui avait recueilli Marwan à Bennt Jbaïl, quand il allait mourir de fièvre, lui avait dit : « Toi, est-ce que tu n'es pas le fils d'un berger badawi ? Ce sont eux qui sifflent comme cela. » Il s'en souvenait, chaque fois qu'il mettait son petit doigt dans sa bouche pour siffler. Alors revenait cette étrange impression de bonheur, quand Lalla Fatima lui avait révélé le secret de sa naissance. Maintenant, elle était morte, son corps était probablement resté enseveli sous les ruines de sa maison, quand les avions de guerre avaient bombardé la ville. Mais il n'avait pas oublié ses paroles, ni son visage souriant, ses yeux humides. Il l'avait appelée Oumi, Maman, bien qu'elle ne fût même pas une parente, mais il aimait lui dire ce nom, et pour cela il avait appelé Mehdi son frère. Quand elle était morte, il avait pris Mehdi sur son dos, et ils étaient partis sur les routes.

Il ne se souvenait plus des endroits où ils étaient allés. Ils avaient marché de ville en ville, dormant dehors, sur les places, ou à l'abri des portes, dans des ruines. Mehdi n'avait jamais plus voulu dormir dans une maison depuis ce jour-là, quand, à l'aube, les bombes étaient tombées partout sur la ville de Bennt Jbaïl, et ce même jour, à ce que disaient les gens, sur beaucoup d'autres villes, Qana, Tibnin, Tairi, Ramadiyeh, Chihine, Ramiyeh, Qanntara, Meomeh, Nabatiyeh. Marwan ne connaissait pas ces endroits, mais il avait entendu les gens dire ces noms, il les avait retenus par cœur, et quand on lui demandait : « Toi, d'où viens-tu ? Et où vas-tu ? » il répondait : « Mon frère et moi, nous venons de Tibnin, et nous allons chez nos parents, à Nabatiyeh. » Les gens se satisfaisaient de ces réponses vagues, même les soldats étrangers, même les miliciens qui voyaient des espions partout.

Au début, Marwan aurait bien voulu rester au même endroit. Trouver un oncle, ou une tante, même faux, dormir dans une maison. Mais Mehdi criait et se roulait par terre quand on voulait le faire entrer à l'intérieur, il trépignait et mordait, et sa bouche était toute blanche d'écume. Les gens pensaient qu'il était malade, et ils devaient s'en aller, marcher encore. Finalement, Marwan s'était habitué à cette vie, à dormir dehors, dans les recoins des ruines, à l'abri des portes, ou dans les jardins, au pied d'un arbre, à l'abri des buissons.

Les chemins de la montagne allaient au hasard. Parfois, les enfants arrivaient dans une vallée profonde, fertile, pleine d'arbres, avec de grandes fermes, des enclos où vivaient des chèvres et des vaches. Ils s'approchaient avec précaution. Plusieurs fois, les fermiers étaient sortis, alertés par les chiens, et ils avaient tiré à coups de carabine. Ils croyaient que c'étaient des samidoune, des résistants. Ils croyaient que c'étaient des aïdoune, des revenants. C'est Marwan qui avait dit cela. Les enfants avaient guetté à l'abri des rochers, et quand le soir était venu et que les chiens s'étaient assoupis, ils s'étaient approchés sans bruit de la ferme, ils avaient volé du pain, des œufs, du sucre, et ils étaient retournés au bord de la rivière, là où ils avaient préparé un abri pour la nuit. Ils avaient vécu longtemps comme cela, auprès des fermes. Mais les gens avaient finalement retrouvé leur trace, et ils avaient dû s'enfuir vers le nord, dans les montagnes.

Ils marchaient sur la route de terre, vers Kafra, Ramadiyeh, vers Sour. D'autres gens marchaient comme eux, certains portant des paquets, ou des valises, des femmes drapées dans des robes neuves, avec des voiles blancs impeccables, d'autres en haillons, pieds nus, les cheveux emmêlés. Sur la route avançaient des convois de camions, phares allumés. Quand ils arrivaient près des gens ils klaxonnaient une seule fois, sans ralentir, et les soldats à l'arrière des camions pointaient sur eux des fusils-mitrailleurs.

Un jour, dans un village, la place était pleine de soldats. Ils avaient posé leurs armes contre un mur, ils étaient assis à l'ombre, ils buvaient et ils fumaient. « Ce sont des aïdoune ? » a demandé Mehdi. « Non, eux, ce sont des étrangers. » Marwan répétait ce que disaient les gens. « Ils ne parlent pas comme nous. Viens ! » Pour montrer qu'il n'avait pas peur des étrangers, Marwan a marché au centre de la place, en regardant les soldats. C'est vrai que, quand ils n'étaient pas dans leurs camions, ils étaient beaucoup moins effrayants. Ils avaient enlevé leurs casques. Certains avaient si chaud qu'ils avaient même enlevé leurs chemises C'étaient de belles chemises vert sombre, et Marwan a pensé qu'il aimerait bien avoir la même. Les enfants ont marché lentement devant les soldats, dans un sens, puis dans un autre. Les soldats les regardaient en riant, à cause de leurs habits trop grands. L'un d'eux, qui avait des cheveux d'or et des yeux pâles comme ceux des aveugles, a hélé les enfants. Il a montré une bouteille de soda qu'il venait de sortir de la glacière. Il leur a fait signe : « Venez ! Venez ! » Marwan s'est approché du soldat. La bouteille verte ruisselait de gouttelettes, et le liquide était plein de milliers de bulles. La main de Marwan a touché la bouteille, ses doigts se sont serrés sur le goulot. Il s'est reculé, il a bu le soda acide, sans reprendre son souffle. Le même soldat aux cheveux d'or et aux yeux clairs a pris une autre bouteille dans la glacière, il l'a décapsulée et il l'a tendue à Mehdi. Mehdi s'est caché derrière son frère. Le soldat s'est penché, la bouteille à la main, il a dit : « Hé ! Hé ! » Marwan a pris la bouteille, il l'a tendue à Mehdi. « Vas-y, tu peux boire, il te la donne. » Mehdi secouait la tête. Il reculait au fur et à mesure. Alors Marwan a rendu la bouteille au soldat : « Mon frère ne veut pas, il ne connaît pas, il a peur. » Il a dit cela lentement, comme si le soldat étranger pouvait comprendre. Le soldat a fait signe à Marwan qu'il pouvait garder la bouteille. Alors, d'un seul coup, Marwan est parti en courant, à toute vitesse à travers la place. Il a bouché le goulot avec son pouce, et il a couru jusqu'à ce qu'il soit sorti du village.

Plus tard, ils ont vu, du haut d'une colline, le convoi qui repartait. Les phares des camions brillaient malgré le soleil. Les camions sont partis vers le nord, vers Sour. Puis il y a eu le déchirement strident des avions dans le ciel. Le soir, dans les collines, les enfants regardaient les éclairs qui s'allumaient au loin, et ils attendaient que le grondement arrive.

Les avions passaient tous les jours. Marwan avait appris à reconnaître de loin le déchirement des moteurs, et il entraînait Mehdi derrière les buissons. Les avions passaient une fois, glissant vite au ras des collines, noirs, pareils à des éperviers. Les enfants attendaient, le cœur battant. Même quand le ciel était redevenu silencieux, il fallait faire attention. Parfois les avions, par deux ou trois l'un derrière l'autre, jaillissaient de nouveau dans le ciel, là où ils avaient disparu. Le déchirement emplissait les oreilles, le corps tout entier. Mehdi mettait la tête entre ses mains, il tremblait. C'était à cause de ce qui était arrivé autrefois, quand les bombes étaient tombées sur la maison de Lalla Fatima, il ne pouvait plus entendre les avions. Marwan attendait, scrutait le ciel. Quand le silence était revenu, il aidait son frère à se relever. Ensemble, ils marchaient à nouveau sur la route.

Avant Qana, ils ont trouvé un avion écrasé sur une colline. La terre avait brûlé tout autour. Les cendres étaient encore chaudes, de la fumée s'en échappait quand Marwan marchait dessus. Autour de l'avion, il y avait des enfants et des jeunes gens, en train d'arracher les plaques de tôle sur les ailes, sur le fuselage. Ils étaient en haillons, comme Marwan et Mehdi, et ils n'ont pas fait attention à eux. L'un d'eux, un jeune garçon aux cheveux clairs, avait arraché plusieurs morceaux de métal. Pour les défaire, il se servait d'une lourde barre de fer, appuyée en guise de levier sur la membrure, et il faisait sauter les rivets. « Qu'est-ce que tu vas en faire ? » a demandé Marwan. Le garçon l'a regardé avec condescendance. « On va les vendre à Qana. » Il a continué à travailler, puis il a donné la barre à Marwan. « Tiens, prends-en, toi aussi. À deux vous pourrez en prendre plus. » Marwan et Mehdi se sont suspendus à la barre de fer. Le métal léger se déchirait, glissait à terre comme une peau. La sueur coulait sur leurs figures, mouillait leurs habits. Vers midi, ils avaient récolté plusieurs morceaux de métal. Ils les ont portés jusqu'à la ville.

Sur la place, dans un garage, un gros homme chauve a pris tous les morceaux, sauf un qui était trop abîmé. En échange, il a donné de l'argent, deux billets. Marwan a emmené Mehdi à travers le marché, jusqu'à un endroit où une vieille faisait cuire du pain sur une plaque de métal.

« Qu'est-ce que tu veux ? » a dit la vieille. Elle avait un regard méfiant et vif qui contrastait avec son visage fatigué. « On voudrait deux pains » a dit Marwan. La vieille les a regardés longuement, leurs haillons comiques, leurs visages sales, leurs cheveux longs et emmêlés. « Et d'où est-ce que vous venez ? » Marwan s'est souvenu des noms.

Il a dit : « Nous venons de Ramiyeh, et nous allons à Meomeh. » « Ramiyeh ? » La vieille les regardait avec intérêt. « Qu'est-ce qui se passe là-bas ? Quelles sont les nouvelles ? » Marwan sentait qu'il fallait dire quelque chose. Il a dit : « Tout va bien là-bas. Il n'y a pas de problème. » La vieille a continué à surveiller le pain qui cuisait. Brusquement, elle a crié : « Tu as de l'argent ? Tu ne viens pas mendier mon pain ? » Marwan a sorti les billets, et la vieille les a empochés en un clin d'œil. Elle a choisi deux pains et les a tendus à Marwan. Marwan a pris les pains, il a dit : « Et la monnaie ? » La vieille s'est mise à crier : « Quelle monnaie ? Va-t'en, voleur ! » Sans attendre, les deux garçons se sont enfuis avec les pains. De loin, Marwan a crié, pour se venger : « Ramiyeh a brûlé ! Il n'y a plus personne dans la ville, les soldats ont tout brûlé ! » À la sortie du village, ils se sont assis à l'ombre pour manger les pains. C'était du pain de blé noir, dur et aigre, mais il y avait longtemps qu'ils n'avaient rien mangé d'aussi bon. Des chiens maigres tournaient devant eux, leur estomac collé à la colonne vertébrale, leurs museaux tendus pour respirer l'odeur. Marwan leur a envoyé un morceau de pain, mais les chiens ont cru que c'était un caillou, ils se sont dispersés au loin. Puis un des chiens est revenu, en rampant, et par hasard il a trouvé le morceau de pain dans la poussière.

On disait qu'au nord, là où il y avait une grande ville au bord de la mer, un bateau devait venir qui emmènerait tous les enfants dans des pays riches, ailleurs, de l'autre côté de la mer, où ils pourraient manger et dormir sans avoir peur, des pays où il n'y aurait pas de tanks ni d'avions, ni même de soldats, où il n'y avait jamais de bombes ni d'incendies. « Comment s'appelle le bateau ? » a demandé Mehdi. Les garçons qui parlaient de cela se sont moqués de lui, et ils ont jeté des cailloux sur lui et sur son frère. « Si tu ne veux pas croire, il s'appelle le cul de ta mère ! » Comme ils étaient plus nombreux et plus âgés, Marwan a préféré ne pas insister. Ils se sont mis hors d'atteinte des pierres, et ils sont restés pour écouter ce que disaient les garçons. À présent, la carcasse de l'avion, dépouillée de ses tôles, ressemblait à un grand oiseau mort.

La nuit, c'était l'hiver, il faisait si froid qu'ils n'arrivaient pas à dormir. Marwan a allumé un feu de brindilles, et ils se sont couchés l'un contre l'autre, la tête tournée vers les flammes. Mehdi avait toujours peur de la nuit, il ne s'endormait qu'au petit jour. Il ne pouvait pas rester seul. Quand Marwan se levait pour uriner, Mehdi venait aussi. Marwan avait accepté tout cela, il ne le repoussait plus, et souvent même, il oubliait de l'injurier. Il restait les yeux ouverts, regardant la nuit. Mehdi parlait. Il voulait savoir des choses impossibles. Il demandait : « Quand est-ce qu'on arrivera à la ville où il y a le bateau ? » Marwan disait : « Il n'y a pas de bateau, tu ne vas pas croire à cette histoire de bateau ? » Il avait beau dire cela durement, en levant le poing comme s'il allait frapper, Mehdi continuait à croire au bateau. Plus tard il en parlait encore, et des pays où il n'y avait pas la guerre, pas de voleurs. C'était toute une histoire, et dans cette nuit noire, glaciale, avec les étoiles qui scintillaient au-dessus d'eux, il arrivait cette chose étrange, Marwan lui-même se laissait prendre par le bruit des paroles, et il commençait à croire, comme on glisse dans un rêve. C'était maintenant lui qui parlait des pays :

« De l'autre côté de la mer, on arrivera dans une grande ville pleine de jardins et de maisons, des maisons où on pourra entrer, parce que tout le monde nous attendra… »

« Il y aurait des arbres, on pourrait vivre dans les arbres… »

« Oui, il ne ferait pas froid, on ne serait jamais malade. »

« Il y aurait beaucoup d'enfants, chacun pourrait avoir sa famille… »

« On dormirait dehors, sous les arbres… »

« Ou bien dans de grandes chambres avec des lits, des coussins, des rideaux. »

« On n'aurait pas besoin d'argent pour vivre, on aurait à manger tout ce qu'on veut, même si on ne voulait pas travailler. »

« Il n'y aurait jamais d'avions. »

« Une ville, sur un grand lac d'eau douce, et les gens vont dans des barques, ils apportent les fruits, les légumes dans les barques… »

« Les enfants ont des jardins immenses, il y a une fête chaque jour, de la musique, les filles vont danser. »

« On peut aller à l'école, on sait lire les livres. »

« Il n'y a plus de batailles, personne n'est ennemi. »

« On a chacun son cheval, on peut galoper dans les forêts. »

« Les animaux sont apprivoisés, même les serpents, même les chacals. »

Mehdi écoutait, les yeux grands ouverts dans la nuit. Quand l'aube venait, Mehdi s'endormait enfin. Marwan écoutait la respiration calme de son frère, il sentait contre lui le poids de sa tête. Alors il s'endormait lui aussi, tandis que la lumière grandissait au-dessus des collines. Il n'y avait jamais de mal, ni d'avions le matin. C'était une heure pour les bergers, pour les fillettes qui vont chercher de l'eau.

« Mais si on veut prendre le bateau, on aura besoin d'argent pour payer le billet ? » Mehdi a dit cela le matin en se réveillant, comme s'il y avait réfléchi dans son sommeil. Marwan a pensé que son frère, pour une fois, disait quelque chose de sensé. « Comment on fera, pour l'argent ? » Marwan a dit : « On verra. D'abord, il n'existe peut-être pas, ce bateau. » Mehdi insistait : « Mais si c'est vrai, il faudra de l'argent ? » Marwan a dit : « Alors on montera sans payer, on se cachera. » Mehdi n'a plus posé de questions, parce qu'il avait confiance en son frère.

Ils ont franchi la ligne des combats sans même s'en apercevoir. Ils coupaient à travers les collines, vers le nord, vers Jeloun. C'était le soir. Toute la journée, ils avaient marché en écoutant les grondements des canons. Il y avait aussi le froissement des avions, qui glissaient comme des oiseaux noirs au ras de l'horizon, et malgré la lumière du soleil, les points brillants qui éclataient dans le ciel. Marwan et Mehdi attendaient un moment, puis ils se remettaient en route.

Maintenant, ils descendaient la montagne vers le cours d'eau. C'était pour trouver un autre grand oiseau mort qu'ils avaient marché dans la direction des canons. Mais aussi loin qu'ils puissent voir, il n'y avait que terre sèche, broussailles.

Ils ont suivi le cours d'eau, dans l'ombre de la vallée, jusqu'à une gorge. À l'entrée de la gorge, une maison avait brûlé, mais l'incendie était éteint depuis des jours. La pluie avait fait fondre les cendres en longues traînées mêlées à la boue du torrent. Quand Marwan s'est approché, il a vu les corps allongés par terre, à côté des ruines. C'étaient trois hommes, leurs visages brûlés tournés vers le ciel. Près d'eux, il y avait les fusils-mitrailleurs, les bandes de cartouches, un sac de toile. Un des soldats tués avait autour du cou les débris d'un foulard blanc et noir. Marwan a dit à Mehdi : « Ce sont des aïdoune, des revenants. Va prendre un fusil. » Mehdi n'avait encore jamais vu de soldat mort, il n'osait pas approcher. Marwan l'a poussé et injurié, il a ramassé les fusils l'un après l'autre, et les a lancés vers Mehdi.

L'odeur des corps était épouvantable. Il y avait des essaims de mouches, des fourmis. Marwan a fouillé dans la besace, mais il n'a pas trouvé d'argent, rien que des papiers et un crayon, qu'il a jetés au loin. Il a voulu enlever les chaussures d'un des soldats, mais elles avaient été déchiquetées et fondues par la bombe qui l'avait tué. Dans les ruines, il n'y avait rien, pas de nourriture. Seulement une gourde militaire, dans son étui de toile kaki. Marwan l'a donnée à son frère. Jamais Mehdi n'avait vu une si belle gourde. Il a dévissé le bouchon pour la vider, il a regardé l'intérieur qui était rouge, comme une gorge d'oiseau. Puis il a couru vers le torrent pour la remplir.

Quand il est revenu, Marwan lui a donné un fusil. Lui-même en avait mis un sur chaque épaule. Ils ont continué à longer le torrent, puis Marwan est monté sur les hauteurs, pour ne pas être surpris pendant la nuit. Ils ont cherché un coin dans les broussailles. Les sangles des fusils avaient blessé leurs épaules.

Le lendemain, ils sont arrivés au camp des aïdoune. Dès qu'ils sont arrivés, les soldats les ont entourés. L'un d'eux a pris les fusils, il a fait tomber Marwan d'une bourrade : « Où est-ce que vous avez volé ces fusils ? » Marwan avait peur, il a crié quand même : « Nous les avons trouvés, ils sont à nous ! » Un homme est venu, il était vêtu comme un vrai soldat, avec son keffieh et un uniforme kaki. Il a parlé calmement à Marwan, il lui a demandé combien il voulait pour ses fusils, et pour la gourde. Marwan a dit : « Mon frère ne vend pas la gourde, seulement les fusils. » Le chef des aïdoune a ri. Il a fait donner dix piastres à Marwan, et il les a laissés aller où ils voulaient.

Dans le camp, il y avait beaucoup de femmes et d'enfants, de vieillards. Les maisons étaient à moitié détruites par les bombes et, pour s'abriter de la pluie, les gens avaient tendu des toiles entre les murs écroulés. Les enfants sont arrivés sur une place, où beaucoup de gens étaient réunis, des soldats, des femmes, des hommes blessés par les combats. Des enfants en haillons, pieds nus, couraient au milieu de la foule, à la recherche d'un peu de nourriture. Les femmes les chassaient, mais ils revenaient près des cuisines en plein air, et pour les éloigner, les vieilles leur jetaient des louches de bouillon. Marwan et Mehdi avaient si faim qu'ils ramassaient les débris jetés à terre, les morceaux de pain dur comme de la pierre, et ils les rongeaient.

Alors une femme vêtue d'une robe noire est venue vers eux. Elle a dit : « Vous ne pouvez pas manger cela, ce pain qu'on a jeté par terre et qu'on a foulé aux pieds. » Elle a conduit les enfants chez elle. Elle habitait une maison à la sortie du village, où elle vivait seule avec sa fille sourde-muette appelée Hanné. Elle s'appelait Zeineb. Elle leur a donné à manger, et les enfants ont commencé à travailler pour elle dans un terrain à côté de sa maison. Ils arrachaient les mauvaises herbes et ils enlevaient les pierres. Ils allaient chercher de l'eau au puits, ils arrosaient les plants de fèves et de tomates. Hanné était très belle. Elle avait de longs cheveux nattés, très noirs, des sourcils qui semblaient avoir été dessinés au charbon. La plupart du temps, elle restait immobile, à l'ombre. Marwan rencontrait son regard, et son cœur battait plus vite. Mais Hanné ne voulait pas qu'il s'approche d'elle. Elle se glissait le long des murs de la maison, silencieuse comme une ombre.

À cause de Mehdi, Marwan ne dormait pas à l'intérieur de la maison. Ils s'étaient installés contre le mur, à l'ouest, parce que c'était le coin le plus abrité.

Plusieurs fois, il y a eu des alertes. Les avions ont traversé le ciel, décrivant un arc de cercle au-dessus des montagnes, comme les oiseaux de proie. Le canon résonnait dans les vallées. Seule Hanné semblait ne pas avoir peur. Elle restait devant la maison, à regarder les avions, sans chercher à fuir. Peut-être qu'elle ne savait pas ce que c'était.

Quand il n'y avait pas de danger, Zeineb maudissait longuement les avions. Un jour, elle a ouvert une petite valise en toile noire, et elle a montré des papiers à Marwan. Elle a dit : « Voilà, ce sont mes maisons, toutes les maisons et les terres que j'ai, à Al-Bassa. C'est écrit sur ces papiers. Les maisons, les terres, les puits, le blé, c'est écrit. Quand la guerre sera finie, je montrerai les papiers, et on me rendra ce qui est à moi. » Elle parlait avec véhémence, comme une folle. Puis elle passait sa main dans les cheveux de Marwan. « À toi aussi on te rendra ton bien. » Marwan l'a regardée avec étonnement : « Qu'est-ce qui est à moi, Oumi ? » Zeineb s'était radoucie tout d'un coup. Elle regardait les deux garçons, comme si c'étaient vraiment ses enfants. « On vous rendra votre bien, si Dieu le veut, on vous reconnaîtra, on verra qui vous êtes. Celui qui viendra à la fin des temps. » Marwan demandait : « Qui doit venir ? » Et Zeineb : « Il n'a ni père ni mère, il est rejeté, comme vous, il est affamé, il cherche sa nourriture sur le sol, parmi les ordures qu'on a jetées pour les chiens. Il a faim, il est abandonné, mais un jour, on le reconnaîtra, il sera l'envoyé de Dieu. » Elle parlait ainsi, regardant les garçons comme si elle voyait à travers eux, avec sa valise ouverte d'où les papiers s'envolaient dans le vent. Dans l'ombre du mur, silencieuse et pareille à un fantôme, Hanné regardait Marwan et il sentait son cœur battre.

Elle est venue avec eux quand ils sont partis chercher du bois dans les ravins. Elle les suivait de loin, agile, toujours prête à s'enfuir. Bien qu'elle fût sourde, elle percevait à sa façon les mouvements, les dangers. Peut-être qu'elle sentait l'onde venir par ses pieds, ou bien elle pouvait voir mieux et plus loin tout ce qui bougeait. Pendant que les garçons cherchaient des racines, loin du village, elle avait deviné les avions qui arrivaient. Elle s'était immobilisée, tournée vers le ciel. L'instant d'après, dans un sifflement déchirant, les avions étaient passés au-dessus des enfants, l'un derrière l'autre, lâchant leurs bombes sur le village. Hanné les avait regardés sans bouger, comme si elle ne ressentait pas la peur.

Pour Marwan, c'était étrange, il n'avait jamais rencontré quelqu'un comme Hanné, quelqu'un d'innocent, qui ne pouvait pas faire de mal, mais qui n'était pas faible non plus. Il admirait son visage brun, l'arc régulier des sourcils au-dessus des yeux où brillait une lueur sauvage, et la chevelure noire aux tresses régulières que Zeineb faisait chaque matin. Il aimait comme elle courait à travers les collines, si vive qu'en un clin d'œil elle avait disparu.

Parfois ils allaient loin, à travers les broussailles, malgré les grondements de la guerre. Hanné les accompagnait, tantôt derrière, tantôt les devançant. Hanné n'était pas une fille comme les autres. Elle était comme d'un autre monde, et Marwan croyait que tant qu'elle serait là, il n'y aurait pas de danger.

Un jour, c'était au commencement de l'été, le soleil brûlait les roches et les broussailles, le ciel était d'un bleu profond, Marwan et Mehdi sont allés jusqu'à l'endroit où on apercevait la mer, du haut d'une montagne. Ils ont marché jusqu'au soir pour voir l'eau couleur de métal. La lumière brillait en faisant un chemin de feu sur la mer, là où le soleil allait se coucher. Hanné était à côté des garçons, elle regardait cela elle aussi. Marwan et Mehdi pensaient au bateau qui devait les emmener de l'autre côté de la mer, là où il n'y a pas de guerre, ni d'avions. Est-ce que Hanné et sa mère pourraient venir ? Est-ce qu'elles pourraient se cacher ? C'est ce que se demandait Marwan. Zeineb était trop grosse, elle parlait trop fort, on la trouverait tout de suite. Alors ils devraient partir sans Hanné, et cela faisait une impression désagréable à Marwan, comme du remords.

Il était trop tard pour rentrer. Marwan a cherché un coin pour dormir, et ils se sont allongés sous un pin. Les garçons ont bu à tour de rôle l'eau de la belle gourde de Mehdi, Hanné a bu ensuite. Elle s'est couchée à côté d'eux, en chien de fusil, et elle s'est endormie tout de suite.

Le jour les a réveillés. Les avions étaient dans le ciel, ils traçaient une longue courbe vague, avant de disparaître vers la mer. Le bruit des bombes ébranlait la terre. Vers le nord, il y avait de grands éclairs, de la fumée noire.

Puis les enfants ont entendu un autre bruit. C'étaient les camions et les tanks qui avançaient sur la route, le long de la mer. Ils ressemblaient à des insectes. Le cœur de Marwan s'est mis à battre plus vite. Les tourelles des tanks pivotaient, pareilles à des têtes avec les yeux des meurtrières. Hanné est restée immobile, sur la pente de la montagne, à regarder les tanks. Quand la tourelle d'un tank s'est tournée vers elle, Marwan a bondi, et il l'a entraînée par la main, le plus vite qu'il a pu. Les enfants couraient vers le sommet de la montagne. Un obus a explosé tout près lançant un mur de vent. Ils sont tombés à terre, leurs jambes et leurs mains saignaient. Ils ont recommencé à courir, au fond d'un ravin, ils ont entendu le grondement des camions et des tanks qui s'éloignaient.

Dans le village, tout était en ruine. Un obus incendiaire avait frappé la maison de Zeineb, dont il ne restait que des décombres calcinés. Devant la maison, Marwan a vu la petite valise de toile noire, posée par terre, à peine salie par la poussière. Partout, sous les décombres, il y avait des corps ensevelis, brûlés. Dans le silence, le bourdonnement des mouches semblait assourdissant.

Hanné a ramassé la petite valise de Zeineb, dans laquelle se trouvaient toutes ses terres et toutes ses maisons, ses puits et ses troupeaux, et tout ce qui lui appartenait. Les enfants ont commencé à marcher loin du village, en suivant le fond des vallées, vers le nord.

ETREBBEMA*

Pour Itzi

Longtemps avant ta naissance, « dans une autre vie » comme on dit en espagnol, j'ai connu une société que je considère comme proche de la perfection. Je voudrais te parler, dans cette histoire, d'un monde qui a cessé d'exister, un monde de beauté, d'amour et d'intelligence, anéanti par les narcos.

* Dans la langue emberá, l'inframonde.

Quand suis-je arrivé dans la forêt ? D'où est-ce que je venais, pourquoi me suis-je arrêté ici, dans ce lieu insignifiant, qui porte le nom un peu ridicule, étant donné ce qu'il est devenu, d'El Real, un nom de guerre, de parade, de conquête, pour un bourg colonial épuisé de soleil et de solitude, de poussière, une seule longue rue bordée d'épiceries et de *cantinas,* le long du fleuve Tuira où des pirogues à demi inondées par la pluie bâillent d'ennui comme des alligators ?

C'est d'ici que j'ai débuté mon voyage sur les fleuves,

Capetí
Balsas
Tuquesa
Tupisa
Chico
Manené
Quebrada Sucia
Piré
Chucunaque
Paya

Que sont-ils devenus, Chombo, Fulo, Efigenio, Bravito, Colombia, Teclave, le vieux Leon, la jolie Népono, « Fleur », surnommée Weinchara, « Chair de femme », et mes *kampunia sakera*, les gosses africains, Chico, Hueso, Marco, tous ceux avec qui j'ai voyagé ? La forêt est un mur vivant, quand tu le traverses tu n'en reviens jamais, un monde de nuit, de pluie, d'animaux furtifs, de jaguars et de pumas, de tapirs et de cerfs, un monde d'insectes, *garrapatas*, tiques, *chinches*, punaises, *coloradillas*, aoûtats, moustiques et moucherons, le monde des *tama echarra*, les vipères fer-de-lance, rapides comme des anguilles, les *inkas*, les timides vampires qui viennent mordiller les coudes des enfants endormis. Les *tamanduas*, les fourmiliers à deux doigts, somnolents, les *yarrés*, les singes araignées, insolents, les *kotutus*, les singes hurleurs, qui rugissent à la tombée de la nuit, c'est ce monde qui ne te relâche plus quand il te tient, ce monde qui ne te libère jamais. Et tu dois vivre dans son ombre, comme si rien de ce que tu as connu, rien de ce qui t'a fait ne pouvait lui survivre. Et tu dois éventuellement descendre au-dessous, en Etrebbema, pris dans les lacs et les douceurs, dans les pièges, dans sa beauté flambante.

Yoni,

tel que je l'ai connu quand il est arrivé pour la première fois au Darién, abandonnant tout ce qui avait été sa vie jusque-là, ses parents adoptifs, la religion, l'école, la maison des Declan, sorte de ranch californien dans la zone du Canal, avec pelouse manucurée, trampoline, et le grand chien noir nommé Paima, Noiraud dans la langue des Indiens, tout ce qu'il a laissé de souvenirs d'enfance et d'adolescence, d'ennui et de bienveillance, et en dernier recours il ne devait rien en rester, tout devait disparaître quand il est arrivé ici.

Nous avons débarqué ensemble du même bateau qui faisait le service hebdomadaire entre Panamá et El Real, cette sorte de sabot de bois à moteur diesel qui s'est amarré le long du fleuve.

Lui aussi est arrivé à l'aventure, il attendait la suite assis sur les marches du perron de l'épicier chinois. J'ai remarqué sa beauté malgré ses habits salis par le cambouis du bateau. En le voyant j'ai pensé à cet Indien sioux que les soldats américains avaient surnommé « Roman Nose » par cette même dérision qui les avait inspirés pour trouver des noms aux tribus amérindiennes, Gros-Ventres, Nez-Percés, ou Pharaons. Cheveux noir de jais, gominés et coiffés dans le style rocker, plus tard il allait sensiblement se conformer à la coiffure traditionnelle des peuples du Chocó, frange plaquée sur le front et casque de cheveux épais couvrant les oreilles. Nous ne nous sommes pas vraiment parlé, juste quelques mots, assis sur les marches, j'ai appris son prénom, Yoni. Nous n'avons pas dit grand-chose, vu que nous ne connaissions ni l'un ni l'autre cet endroit, et il a tenu à préciser qu'il ne parlait pas les langues indigènes. Il a ajouté qu'il était né quelque part le long des fleuves, et qu'il croyait n'avoir aucun lien de parenté avec qui que ce soit de la région. En échange je lui ai dit mon nom, j'ai parlé vaguement de mes recherches en géographie, des plantes médicinales que je devais collecter pour le Smithsonian. J'ai précisé que je n'avais aucune raison officielle d'être là. Bref nous ne connaissions rien à la vie sur les fleuves, ou dans la forêt, et c'est pourquoi j'ai eu envie d'engager Yoni comme guide, parce qu'il n'y a pas meilleur guide que celui qui en ignore à peu près autant que vous de l'endroit où il se trouve.

La vie à El Real, ça n'était pas très compliqué. Yoni a trouvé tout de suite un job à la *cantina* Nueva Alemania, tenue par un certain Anton Schelling, un aventurier, orpailleur à ses heures, qui avait repris l'établissement avec sa fille Henrieta. Le vieux Schelling avait été séduit par Yoni, parce qu'il était serviable, poli, qu'il parlait bien l'anglais, qu'il était adventiste et donc peu enclin à vider les bouteilles, et aussi parce qu'il était joli et que Schelling avait un faible pour les beaux garçons. Chaque fin d'après-midi, Yoni servait la bière, les rhum-cocas et les aguardientes aux clients de passage, débarqués du bateau ou venus en pirogue depuis l'estuaire du fleuve, des voyageurs de commerce, des policiers hors service, et en fin de semaine des Indiens de la forêt. Ceux-là étaient les plus difficiles. Dès qu'ils avaient bu deux verres de schnaps ils perdaient la tête et se bagarraient dans la *cantina*, jusqu'à ce que Yoni les expulse dans la rue, où ils s'endormaient dans le fossé. L'assistant de Schelling était un Noir athlétique surnommé Hueso (encore de la dérision). En échange de son travail de barman, Yoni recevait chaque fin de semaine des billets de vingt dollars qu'il dépensait dans l'unique boutique du village à acheter de beaux habits et des parfums. Je l'ai vu plus d'une fois, dans la journée, se pavaner vêtu comme un voyou de cinéma, ses cheveux gominés, ses chaussures bien cirées, arborant autour du cou une chaîne de métal doré. Il avait quelque chose d'un peu ridicule, et de pathétique à la fois, peut-être parce que, malgré son aspect, il gardait toujours cet air sombre et distant.

Jusque-là il n'avait ressenti aucune appartenance aux peuples de la forêt. Il regardait ces hommes en haillons qui erraient dans la rue principale d'El Real comme il avait regardé avec mépris les clochards du quartier du Marañón à Panamá, et lorsque je lui avais parlé une fois des Indiens, il avait haussé les épaules et c'est justement ce mot qu'il avait utilisé : « des clochards ». Les Indiennes s'approchaient quelquefois de lui, sans doute dans l'espoir d'un verre d'alcool gratuit, mais il les dédaignait. Les femmes étaient encore plus étranges que les hommes, avec leurs visages tatoués de peinture bleue, leurs longs cheveux noirs lissés avec un peigne trempé dans l'huile, parfois une fleur d'hibiscus piquée dans leur chevelure, et leur démarche libre. La plupart étaient nues jusqu'à la ceinture, vêtues seulement d'un paréo aux couleurs vives, mais une ordonnance de la police locale les obligeait à cacher leur poitrine sous une serviette nouée sous les bras, ou bien, quand elles en avaient les moyens, dans des soutiens-gorge roses ou verts, qui leur donnaient l'air de sortir d'un bain public. Certains jours, cette bourgade ennuyeuse et somnolente était parcourue par une population disparate, les hommes en haillons, les femmes en soutiens-gorge criards.

Mais tout finit par se savoir, dans un lieu aussi étriqué. Ce sont d'abord les clients de la Nueva Alemania qui abordèrent Yoni avec des réflexions peu aimables, « Alors comme ça tu es un *cholo* ? » Et qui le saluèrent avec ironie, en feignant de parler la langue des Indiens : « *Atché ! Atché*, l'ami, d'où viens-tu ? » Yoni encaissait les quolibets sans répondre, il n'était pas du genre à chercher la bagarre, mais cela devait l'affecter plus qu'il ne le laissait paraître.

Les Indiens vinrent lui parler, l'après-midi, avant qu'il ne prenne son travail à la *cantina*, mais il ressentit cela comme une agression. Ils lui parlaient en langue indienne, waunana, ou emberá phedda, comme s'il pouvait comprendre, et Yoni répondait en anglais, c'était une façon de les envoyer au diable. Cela produisit l'effet inverse, les Indiens l'écoutaient en penchant un peu la tête, ils chuchotaient entre eux et partaient d'un grand éclat de rire.

Un événement imprévu changea le cours de son histoire. Les policiers noirs de la garde nationale, qui représentaient l'autorité dans la province du Darién, n'étaient pas tendres avec ceux qu'ils désignaient sous le nom dépréciatif de *cholos*. Chaque fois qu'ils avaient affaire à un Indien fautif — pour des raisons futiles comme le fait d'entrer dans le village en pagne ou, pour les femmes, sans cacher leurs seins —, ils le mettaient au cachot quelques jours, puis ils le condamnaient à « jouer de la machette », c'est-à-dire à couper l'herbe dans les rues du village à coups de sabre d'abattage. C'était aussi le châtiment de tous ceux qui étaient pris en état d'ivresse devant les lieux où on gagnait de l'argent en les enivrant.

Je n'ai pas été témoin de la scène, mais quelqu'un me rapporta ce qu'il s'était passé ce matin-là, alors que Yoni se promenait dans la rue principale. Un Indien âgé se trouvait là, non loin des *cantinas*, en train de « jouer de la machette ». L'homme était en mauvais état, habillé de haillons, nu-tête en plein soleil, et semblait à bout de forces. Devant lui, un policier en uniforme le regardait travailler, sans exprimer de compassion. Yoni, sans comprendre lui-même pourquoi (peut-être le sens de la justice de son éducation protestante), ressentit de la colère en voyant cette scène, il interpella le policier pour lui demander de faire arrêter le supplice. Comme le policier ne bougeait pas, Yoni s'approcha du vieil homme, et doucement, il prit sa machette et se mit à travailler à sa place. Le policier intervint : « Pourquoi tu fais ça, tu n'as pas le droit ! »

« C'est un vieux » dit Yoni. « Il pourrait être ton père. »

C'était sans doute la chose à ne pas dire, le policier cria : « Tu me traites de fils de *cholo* ? Tu vas voir ce que ça fait d'insulter un policier. »

Au coup de sifflet, d'autres policiers arrivèrent, ils ligotèrent les mains de Yoni et l'emmenèrent en prison. Pendant ce temps, le vieil Indien n'avait pas demandé son reste et s'était enfui vers le fleuve, en abandonnant la machette.

Après trois jours de prison, et un passage à tabac, la police a relâché Yoni, ses beaux habits déchirés et salis, et ses chaussures en mauvais état.

Quelques jours après, j'ai revu Yoni. Il avait repris sa place sur les marches de l'épicerie chinoise. J'ai compris qu'il avait été viré de son travail à la Nueva Alemania, Anton Schelling ne pouvait pas faire servir ses boissons aux policiers qui venaient chaque soir après leur service par quelqu'un qui les avait insultés.

Yoni était de nouveau libre, sans argent. Il a accepté tout de suite de voyager avec Sin Nombre vers le haut des fleuves, vers Manené et Capetí. Entrer dans la forêt.

La forêt

En ce temps-là, Yoni est entré pour la première fois dans la forêt, pour ne plus jamais revenir. Découvrir la vie sur les rivières lui donnait tout d'un coup un sentiment qu'il ne reconnaissait pas, qui était resté caché au fond de lui depuis son enfance, le sentiment de la liberté. Le fleuve vers l'estuaire était immense, mélangé à la mer, couleur de boue. Il coulait lentement, suivant des canaux différents, certains refluant sous la poussée de la marée, créant des tourbillons, des rapides, d'autres emportant avec eux des épaves, des débris de troncs d'arbre, des morceaux de rive, de l'herbe, parfois des objets non identifiables qui semblaient venir d'un autre monde, des planches peintes, des pièces de bateaux naufragés, des bouteilles de plastique, des sacs dégonflés pareils à des méduses. À la rencontre du Balsas, l'orage avait éclaté d'un coup, sous le ciel d'encre, les éclairs zébraient l'horizon, et sur l'eau les minuscules trombes dansaient en faisant des bruits de suçons.

Pour Yoni, c'était l'entrée d'un autre monde. Il n'avait pas imaginé cela. Son père, le pasteur Declan, lui avait parfois parlé du temps où il avait eu en charge la mission, sur le Río Tuira. La forêt sauvage, les tigres qui marchaient sans bruit sous sa maison, les moustiques, les serpents. Et surtout les gens, ces Indiens taciturnes et évanescents, qui apparaissaient quand ils avaient besoin de quelque chose, un médicament, une lettre officielle, et disparaissaient sans un mot de remerciement. À l'avant de la pirogue, assis sur la perche, Yoni surveillait l'eau du fleuve, guettant les obstacles cachés sous la surface opaque, troncs échoués, bancs de sable, roches traîtresses qui pouvaient casser l'épingle de l'hélice du hors-bord. Le pilote et propriétaire de la pirogue était un zambo du nom de Pema (mot désignant la tanche en emberá), que les autres avaient surnommé Sin Nombre, qui parcourait les fleuves et les rivières pour vendre sa marchandise, du riz, de l'huile, des batteries de cuisine, du savon parfumé et pour les Indiennes les pans de tissu bariolé avec lesquels elles faisaient leurs jupes.

Le Johnson 40 CV produisait un hurlement aigu qui résonnait sur les rivages et faisait envoler les ibis et les cormorans. À la mi-journée, quand le soleil brûlait, Sin Nombre accostait près d'une maison sur pilotis, il allait parlementer avec les occupants, pendant que Yoni restait sur la pirogue pour surveiller la cargaison. L'eau du Balsas était plus claire que celle du Chucunaque, Yoni se déshabillait, enfilait son caleçon de bain, et se laissait flotter dans le courant pour échapper aux morsures des *mochiquitas* (*Lutzomyia*) et se délecter des mordillements des myriades de poissons transparents qui nettoyaient sa peau. De chaque côté du fleuve le mur de la forêt semblait impénétrable, hostile. Pourtant Yoni voyait bientôt arriver des groupes de jeunes Indiens, garçons et filles, certains encore enfants, nus ou presque nus, qui s'approchaient avec précaution, puis se servaient de la poupe de la pirogue comme d'un plongeoir, le débarcadère et la plage résonnaient de leurs cris et de leurs rires. Après s'être bien reposé, Sin Nombre revenait vers la pirogue, il donnait à la famille de la maison un sac de riz en dédommagement, puis la pirogue chargée reprenait sa route contre le courant, dans la direction des collines, vers le haut du fleuve.

Le soir, la nuit tombait d'un coup, elle sortait de l'épaisseur de la forêt et elle éteignait les reflets sur le fleuve. Juste avant l'obscurité, Sin Nombre amarrait la pirogue au bas d'une falaise, devant une maison de planches occupée par un métis, qui lui servait d'entrepôt. Avec l'aide du métis, Yoni déchargeait une partie de la cargaison, tout ce qui était susceptible d'attirer les voleurs, casseroles, vaisselle, linge et bibelots, ils entassaient tout cela dans l'unique pièce fermée par une porte avec un cadenas. Le reste, les sacs de riz, l'huile, les bidons d'essence et les boissons, pouvait passer la nuit dans la pirogue, recouvert d'une bâche. Yoni restait une partie de la nuit à faire le guet, à fumer assis sur le porche de la maison, et un peu avant le matin, il était relayé par Sin Nombre pour quelques heures de sommeil.

Yoni n'oublierait pas sa première nuit en forêt. L'orage avait déversé des trombes, le vent secouait les arbres comme si une main les tenait par les racines. Le fracas venait de tous les côtés à la fois, un bruit de chemin de fer, avait pensé Yoni, ou plutôt un bruit d'animal furieux piétinant la terre, le bruit de la forêt vivante, du fond du ciel, de la puissance du fleuve. Il n'y avait pas d'heure, pas de barrières, aucun abri. Seulement les vagues de pluie, le dieu tonnerre caché quelque part en haut des fleuves qui frappait de sa main jusqu'à perdre ses griffes, c'est ce qu'on lui expliquerait plus tard, le *paatun ishkier Kusar*, l'ongle du tonnerre. Et sans doute cela réveillait quelque chose en lui, d'un temps lointain, un temps avant son enfance chez les Declan.

La crue était arrivée au petit matin. Sans bruit, sous un ciel redevenu impassiblement bleu, le fleuve avait envahi les rives. Couché sur le plancher de la maison, à côté de Sin Nombre qui fumait sans parler, Yoni avait senti la crue longtemps avant son arrivée, peut-être cette façon de gémir des chiens, non pas comme lorsque le jaguar rôdait sous la maison, mais un gémissement différent, et le bébé de Chavela, la femme du métis, s'était mis à pleurer lui aussi, à voix basse, parce que les enfants de la forêt ne doivent pas faire de bruit, et sa maman avait chanté une chanson pour le bercer, une chanson qui parle du diable qui viendra le manger s'il refuse de dormir, et Yoni avait écouté dans le noir cette chanson, elle réveillait un ancien souvenir, si ancien, si perdu, une voix d'un passé si lointain, un rythme qui battait au tempo de son cœur, les coups doux des paumes de sa mère sur sa poitrine

Dors petit garçon dors
Demain ils vont venir te manger
Dors petit garçon ils vont venir
Ils vont venir te manger

C'étaient les premiers mots de sa langue oubliée, ils revenaient dans sa gorge, les mots doux du lait coulant des seins de sa mère, les mots de toujours, les mots qui écartaient les démons mangeurs de bébés, après tant d'années, tant de jours, tant de nuits solitaires.

À l'aube, la forêt résonnait de cris aigus, une femme cherchait son fils disparu, elle errait sur la plage inondée, devant le fleuve couleur de boue, sous le soleil éclatant, Yoni et Sin Nombre étaient descendus, ils avaient marché en aval le long de la rive, le paysage semblait changé, le fleuve géant coulait à travers les arbres en charriant des troncs et des mottes de terre. Sur une plage, à côté des pirogues naufragées, l'enfant flottait à demi accroché à une branche, et quand les Indiens ont tiré son corps sur le rivage, Yoni a vu son visage tuméfié, ses lèvres bleues, le bout de son nez et la pointe de son pénis déjà mangés par les petits poissons nettoyeurs. La mère était à genoux devant l'enfant, sans le toucher, son cri s'étranglait dans sa gorge, devenait une respiration rauque et sifflante, sans paroles, un appel perdu dans le silence de la forêt.

Manené, pour Yoni, c'était l'arrivée à l'endroit le plus haut du fleuve, au terme du voyage, là où tout finissait, où tout pouvait recommencer, la porte dont il était en train de franchir le seuil. La forêt immense, mystérieuse, captivante, capturante. Dans la forêt, il n'y avait plus de chemin, plus de destination, on pouvait se perdre, marcher des jours sans voir le soleil, sans trouver d'eau, sous la voûte des feuilles, à travers les branches emmêlées, enserré par les géants cuipos, les cocobolos, les cèdres amers, les multipliants, par les lianes, les buissons, les pièges d'épines, dans l'angoisse du silence, dans le vide, les jambes serrées par les racines, les pieds enfoncés dans les gués de feuilles mortes, le visage frôlant les réceptacles des sépales chargés de tiques. Yoni n'avait jamais connu cela, un lieu sans hommes, sans intelligence, d'où avaient disparu les mots et les pensées, où il ne restait plus que les sensations, les odeurs, les touchers, les murmures. La forêt enserrait, enfouissait, noyait.

Devant lui marchait Meniota Canzari, celui qui l'avait accueilli, en tant que frère de son père, et Lino, un jeune garçon qui l'avait vu la première fois qu'il était descendu de la pirogue. Ils suivaient la piste d'un cerf, jour après jour, sans s'arrêter, sauf à dormir une heure ou deux contre un tronc, le visage enveloppé dans une serviette pour se protéger des vampires. Lino dormait à côté de Yoni, il le serrait dans ses bras, son odeur de sueur un peu acide se mêlait au parfum de Yoni, la chaleur de son corps réchauffait celui qui n'avait jamais connu la forêt. Ils ne se parlaient pas, ou à peine, juste quelques mots, que Yoni retrouvait dans un recoin de sa mémoire, les mots qu'il croyait disparus. Mais dans la forêt, les mots ne servent pas. Quand ils marchaient sur la piste du cerf échappé, ils jetaient des cris brefs, pour ne pas s'éloigner les uns des autres, le vieux Meniota sifflait dans une feuille pour attirer le cerf. Ils poussaient des cris d'animaux, il n'y avait pas de différence entre les langues, celles des hommes, celles des cerfs, ou celles des oiseaux. C'étaient des cris pour servir de repère, des cris d'excitation, des questions sans réponse. Ils avançaient pieds nus sur la terre humide, les orteils écartés, pour ne pas faire de bruit. À un moment, Meniota s'est baissé, il a goûté les feuilles au ras du sol. Yoni pour la première fois a senti l'odeur du cerf tout proche, une odeur acide, une odeur de peur et de fatigue, après la fuite éperdue à travers la forêt, les tiges des plantes brisées, et derrière l'animal les chasseurs qui se rapprochaient sans jamais s'arrêter, leur cœur battant, la sueur qui coulait sur leurs visages peints en noir, comme s'il y avait une corde invisible qui reliait les chasseurs à leur proie, les tirait en avant, les précipitait vers le but. Yoni sentait pour la première fois sa vie liée à celle d'un animal, il était devenu un animal lui-même, comme Meniota et Lino, il sentait un frisson sur sa peau, il entendait le souffle du garçon à côté de lui, il entendait son cœur battre à l'unisson, et lui aussi s'était mis à pousser les cris de la chasse, *yap ! yap ! hain ! hain !* et le vieux Meniota lui répondait, *yap ! ya ! ahan !* et Lino tournait son regard vers lui, un regard brillant, plein de désir, et devant eux l'animal les guidait en brisant les branchages, sur son chemin invisible, son chemin de mort et de sang.

À l'aube du troisième jour, les chasseurs ont rejoint leur proie. Arrêté devant les arbres, le cerf attendait, sa peau frissonnait de mouches, la salive coulait de sa bouche. Meniota est revenu en arrière, il a tendu la carabine à Yoni.

La fête a éclaté à Manené, à la fin des pluies.

La maison de Meniota et Catalina Canzari était à l'entrée du village, en haut d'un tertre dominant la rivière. Meniota avait organisé la fête pour célébrer le retour du fils de son frère, perdu de vue depuis de longues années. Les voisins et les parents avaient apporté de quoi boire, Catalina avait décoré l'escalier monoxyle avec des ramées. Tous s'étaient préparés avec soin, en se peignant mutuellement avec le jus de la génipa et du piment *kandji*, les hommes avaient gominé leurs cheveux et les femmes avaient revêtu leurs jupes colorées, les jeunes filles portaient les colliers de breloques et de dollars d'argent, elles avaient planté dans leurs cheveux des fleurs d'hibiscus et enfilé dans les trous de leurs oreilles des brins de *pikiwa* odorants. Yoni était revenu de la plantation vers seize heures, assez fourbu et sale, il s'était baigné dans le fleuve, et c'est Lino qui s'était chargé de le lustrer pour la fête. Avec un petit pinceau, il avait tracé sur le visage et sur le buste de Yoni les dessins en X, en O et aussi des petits cœurs, pour dire tout son amour. Il avait peint les deux lignes partant des commissures des lèvres jusqu'aux oreilles qui représentaient le masque d'Imamma, le jaguar noir.

Yoni s'est laissé faire. Son amoureux s'acquittait de sa tâche avec beaucoup de soin. C'était le jour où Yoni allait entrer véritablement dans le peuple des Waunana, il cesserait pour toujours d'être un *toraw*, un Blanc, il deviendrait semblable à tous les Indiens de la forêt, un descendant des *siespiem*, les hommes sauvages, tous les morceaux brisés, ces lambeaux de sa mémoire qui avaient été cachés et déformés par la famille du pasteur Declan, maintenant pouvaient se ressouder, retrouver leur sens, revenir à la vie. Le présent pouvait exister à nouveau.

À la nuit noire, la musique a commencé. Au début, c'est un vieux de la génération de Meniota qui a joué de la flûte à six trous, un air lancinant, qui montait et plongeait, accompagné d'un tambour d'eau, mais la jeune génération est arrivée avec tout le matériel pour la fête, ils ont entamé une cumbia violente avec un bandonéon, une batterie, un racloir, ils ont occupé le centre du plancher de la maison et ils se sont mis à danser, une danse brutale, garçons et filles piétinant le sol, les coudes serrés contre le corps, la tête penchée en avant. Tous étaient déjà ivres, ils avaient bu dans la clairière près du village, de la chicha mêlée à de l'alcool de bois, de la bière, du jus de canne fermenté. Yoni restait à l'écart, assis près de l'escalier, les jambes dans le vide, mais Lino l'a pris par la main et l'a entraîné au milieu des danseurs. À l'autre bout du plancher, les filles se sont regroupées, attendant leur tour. Elles savaient qu'elles devaient rester ensemble, pour ne pas être basculées en arrière dans la boue et molestées par des garçons saouls.

Parmi elles, il y avait Népono, la jeune fille que Yoni avait rencontrée au bord du fleuve. Elle l'a regardé avec insistance, ses yeux brillaient dans son visage sombre. Mais elle ne s'est pas levée pour danser, et vers minuit, Yoni l'a prise par la main et ils ont marché au bord du fleuve. Le bruit de la fête résonnait dans le lointain, un roulement de tambour mêlé aux sons criards du bandonéon. Dans une clairière près de la plage, ils se sont allongés par terre pour faire l'amour, et Yoni a été étonné parce que c'était la première fois pour elle. Elle s'est laissé faire sans dire un mot, à peine a-t-elle gémi un peu quand il a brisé son hymen. Plus tard, avant l'aube, elle a conduit le jeune homme jusqu'à la maison de ses parents, elle est montée par l'escalier mais Yoni a escaladé les piliers, et il l'a rejointe sous sa moustiquaire. Ils se sont enlacés sur le tapis d'écorce de caoutchouc, Yoni avait la tête qui tournait à cause des *palomas*, jus de canne et alcool de bois, il murmurait des mots en anglais, comme si elle pouvait comprendre, elle lui répondait en emberá phedda. Il s'est endormi, la tête appuyée sur l'oreiller de bois, sa main posée sur la poitrine de Népono. L'odeur de Népono était très douce, elle envahissait le jeune homme jusque dans ses rêves.

Au matin, Yoni est resté sous la moustiquaire, il écoutait les bruits de la famille qui commençait sa journée, les bébés pleuraient, quelqu'un allumait le feu pour le repas. Il ne bougeait pas, la main dans celle de la jeune fille. Il savait que rester, cela ne voulait rien dire d'autre que ceci : désormais Népono sera *mukima*, ma femme.

Yoni s'est habitué à la vie en haut du fleuve, c'était une vie à la fois âpre et douce. Il lui fallait oublier tout ce qu'il avait vécu chez les Declan, retrouver ce qu'il avait perdu dans l'enfance, et surtout, la langue, celle des Waunana à qui il appartenait par son père, et celle des Emberá que parlait Népono. Le soir, couché à côté d'elle, il retrouvait cette mémoire, elle revenait peu à peu, elle entrait dans son cœur, dans ses membres, elle recommençait à bouger dans sa gorge. Népono murmurait des mots à son oreille, et lui les répétait dans un souffle, comme une chanson. Parfois elle s'impatientait, elle se redressait sous la moustiquaire, elle dessinait avec ses doigts sur la poitrine de Yoni, elle mimiquait les cris des animaux, les mouvements des plantes, les bruits des cailloux et des mottes de sable coulant dans la rivière. Elle nommait les hommes et les femmes de Manené par leurs noms, leurs surnoms, Beti, Capetí, Sin Dientes, Hampasake Petite Pirogue, Zaon la Calebasse, Menpuru Pénis rouge. Elle lui confiait son propre surnom, Weinchara, Chair de femme. Pour lui elle avait trouvé un surnom, Tro le Tatou, parce qu'il restait souvent couché le dos rond. Ils riaient, ils chuchotaient, ils chantaient à voix basse, aiguë, et après minuit, ils faisaient l'amour doucement, sans bruit, ensuite ils descendaient les piliers de la maison des Canzari pour se baigner dans le fleuve froid, sous la pluie.

Chaque matin avant l'aube, Yoni allait avec d'autres garçons, accompagné de Lino, jusqu'à la plantation, à la lisière de la forêt. En cadeau de mariage, Meniota Canzari avait donné à Yoni une parcelle. Népono n'était pas vraiment sa fille, mais à la mort de sa première épouse il avait élevé Népono, avec ses autres enfants, et pour cette raison Népono ne parlait pas la même langue, elle était des Emberá du Río Grande, elle avait appris peu à peu la langue des Waunana, et Yoni était maintenant son élève. Népono connaissait les usages, un jour elle a regardé Lino assis à côté de Yoni, elle a dit : « Écoute, Tro, toi aussi tu veux être un *ahurya novata* ? » *Ahurya novata,* celui qui fait l'amour par l'anus, Yoni a compris la remarque, et il l'a répétée à Lino. C'était la fin de leur histoire, Lino n'a pas montré excessivement de tristesse, mais il a détaché la dent de puma qu'il portait à son cou, et il l'a donnée à Yoni, comme un cadeau d'adieu. Quand Yoni a commencé à construire sa maison, Lino a apporté les tiges de bambou noir pour le plancher, il a aidé à soulever les poutres et à tresser les feuilles du toit. Mais il a cessé de venir pour les travaux de la terre.

Il fallait tous les jours désherber, retracer les sillons d'irrigation, couper les pieds de plantain. Après quinze jours, récolter les fruits en coupant les plants, et porter les régimes sur son dos jusqu'à la rive du fleuve, puis la grande pirogue de Meniota accostait et Yoni chargeait, avec l'aide de Népono. La pirogue descendait le fleuve jusqu'à l'embouchure du Tuira, des heures en plein soleil, avec l'eau qui entrait par les bords, que Népono écopait à la calebasse. Ensuite, avec les autres cultivateurs de Manené, Yoni lançait le plantain régime par régime dans le grand bateau qui emportait la cargaison jusqu'à Tocumen. Pour chaque régime, Yoni recevait un real par main, et à la fin du voyage l'argent était partagé entre le vieux Canzari, Yoni et Népono. Et comme il parlait bien, c'était Yoni qui devait une fois par mois prendre le bateau pour déposer l'argent à la banque, sur le compte de Meniota et le sien. Népono n'avait pas de compte, parce qu'il lui manquait les papiers d'identité.

Tout n'était pas toujours facile. Un jour la pirogue s'est renversée après avoir quitté Manené, le courant violent a emporté les fruits vers l'embouchure du fleuve. Yoni et Népono ont sauté dans une autre pirogue, ils ont rejoint la cargaison à la dérive et ils ont fait un barrage. Les habitants des rives les ont regardés sans aider, mais ils n'ont rien volé non plus, et tout le plantain a pu être chargé sur le navire.

À Panamá, dans le quartier du Marañón, Yoni restait sur le port. Il n'avait plus envie de se promener dans les rues, ou d'aller boire de l'alcool dans les bars à prostituées. Avec ses habits sales, son short de bain par-dessus son pantalon et sur son visage les traces de peinture bleue, il ressemblait à tous ceux qu'il avait dévisagés enfant, quand il s'aventurait au Marañón avec le pasteur Declan. Il découvrait à présent le regard des passants, sur lui et sur ses compagnons, c'était vraiment comme s'il avait changé de peau.

Lorsque le ventre de Népono a commencé à s'arrondir, Yoni l'a emmenée en consultation chez Colombia, l'*Iwa Tóbari*, le buveur de datura, pour le pronostic. Colombia était un homme d'une quarantaine d'années, plutôt frêle, avec un visage agréable. Avec lui vivaient sa femme et ses deux garçons âgés de cinq et huit ans. Colombia avait la réputation d'être un devin. À la fin de la journée, quand la nuit est tombée, Colombia a fait boire à Yoni un godet de jus de datura. Lui-même n'a pas bu, mais il a oint ses poignets avec le suc des feuilles. Népono est restée à l'écart.

Ensuite la nuit s'est éclairée : sur la rive opposée, là où se trouvait le village des morts, les flammes des esprits dansaient, certaines avançaient à travers le fleuve. Dans l'arbre voisin, Yoni a vu les yeux rouges aux commissures des branches, il entendait le bruit que font les esprits qui galopent dans la forêt.

Dans l'arbre le plus haut, un nid de branches et de coton se balançait au vent, la Maison de l'araignée. Yoni a déliré une partie de la nuit, et au petit matin, Colombia lui a fait boire du jus de canne épais, amer, et tout s'est calmé. Il s'est endormi à côté de Népono. Avant de retourner vers Manené, Yoni a donné de l'argent à Colombia. L'homme a mis l'argent dans une boîte, il n'a rien dit. Il a pris son plus jeune fils dans ses bras. En s'éloignant dans la pirogue, Yoni s'est retourné, l'homme restait debout sur la rive, sans faire un geste, mais il souriait. C'était la réponse de Colombia, pour l'avenir de Yoni et de Népono, et de leur fils en train de naître.

Élections

J'ai rencontré Ireneo Chami à El Real, au mois de juin 1970, grâce à Yoni. Ireneo n'était pas de la région, c'était un Indien Katru de Colombie qui s'était installé au bord du Tuira avec sa femme et ses enfants, pour organiser la campagne politique. C'était un jeune homme grand et bien bâti, vêtu comme un Européen, pantalon clair et tee-shirt de marque, l'air sûr de lui mais sans arrogance. C'est lui qui avait initié le mouvement indigène dans le Darién, afin de revendiquer le droit à l'autonomie des Indiens au nom de leur ancienneté dans la forêt. Il militait auprès des chefs de famille tout le long des fleuves pour la création d'une comarque à l'instar des Indiens Tule de San Blas. Son mouvement demandait aussi l'arrêt de la construction de la route interaméricaine et la proscription définitive du projet nord-américain d'un canal à niveau qui devait remplacer le vieux canal Panamá-Colón, trop archaïque et trop étroit. Il faut dire que ce projet prévoyait le déplacement de toute la population du Darién et l'utilisation pour creuser la cordillère d'explosifs nucléaires. Comme la plupart des jeunes Indiens,

Yoni soutenait le mouvement d'Ireneo, qui préconisait le rachat par les familles de leurs parcelles le long des rivières, et l'enregistrement de celles-ci auprès du cadastre. Selon Yoni c'était urgent, car l'achèvement de la route allait amener une population exogène, qui profiterait de l'aubaine. La terre le long des fleuves se vendait au prix d'un dollar l'acre, et si les Indiens ne se hâtaient pas, ils allaient bientôt être expulsés de leurs propriétés. Les vieux étaient moins enthousiastes. Comme Meniota Canzari, ils se demandaient pourquoi acheter ce que Dieu leur avait donné. De plus, l'idée d'un leader politique leur semblait absurde, à eux qui avaient toujours vécu libres de toute autorité. Yoni racontait que lors de l'entrevue avec Ireneo, Meniota Canzari avait exhibé comme preuve de cette liberté un sabre espagnol datant de la Conquête, que ses ancêtres avaient confisqué au cours d'une bataille.

Malgré toutes les objections, Ireneo Chami est parvenu à réaliser son projet de vote.

Le 10 août 1971 la population de la forêt est entrée dans les villes, à Yaviza, à El Real, à Garachiné. Les Indiens votaient pour la première fois pour élire leur *Emberá porow*, le chef de la future comarque. Pour les villageois, libres ou métis, c'était une nouveauté à laquelle ils n'étaient pas préparés. Tout à coup, les *cholos* n'étaient plus ces silhouettes furtives qu'ils entrevoyaient sur les fleuves, ces sortes de clochards en haillons qui leur achetaient de l'alcool et des tissus colorés pour les jupes des femmes. Ils devenaient officiellement des êtres humains. La campagne électorale d'Ireneo Chami le long des fleuves avait porté ses fruits, même dans les endroits les plus reculés de la forêt.

Personne dans les bourgs métis n'avait prêté attention. Le vieux Anton Schelling à qui je me suis adressé un jour s'est contenté de sa phrase favorite : « Ça va, ça vient, ici c'est l'Afrique ! » En haussant les épaules. Certains, comme ma logeuse *libre*, la grand-mère de mon accompagnateur Chico, se montraient plus virulents. Elle ricanait : « Qu'est-ce qu'ils vont chercher ! Des élections ! Est-ce qu'ils vont par hasard devenir présidents de la République ? » D'autres étaient condescendants, comme le chef de la Guardia, un métis de Noir et d'Indien, le sous-lieutenant Perón : « Quelle blague ! Ils croient qu'ils vont nous commander ! »

Le matin du 10, je les ai vus arriver en ville. C'était un long ruban brun qui coulait dans les rues, venant de tous les côtés, et se dirigeant vers le Palais municipal. Des hommes, des femmes, des jeunes et des vieux, même de petits enfants qui trottinaient à côté de leurs parents ou qui suçaient le sein de leur mère. Ils marchaient sans dire un mot, par petits groupes, ils débarquaient des longues pirogues amarrées en aval de la ville. La population locale s'est rangée sur les côtés de la rue centrale, ou bien s'est installée en hauteur sur les terrasses des *cantinas* et des magasins de vivres, comme pour se mettre hors de portée d'un danger. Pour la première fois on n'entendait plus les quolibets habituels, les *Atché amigo ! Mera atché !* Les gardes se sont rangés devant le Palais municipal, le sous-lieutenant Perón en tête. Ils étaient armés de leurs longues matraques en caoutchouc, leurs revolvers visibles à la hanche. Mais ils n'auraient pas besoin d'intervenir. La consigne était passée, pour que les élections se déroulent sans incident, tous les hommes portaient pantalons et chemisettes, et toutes les femmes, même les petites filles, avaient caché leurs seins sous des serviettes ou dans des soutiens-gorge.

Le vote dura du matin jusqu'à la fermeture des bureaux à dix-huit heures.

Toute la journée, à El Real, le ruban brun défila dans les rues jusqu'à la place centrale, puis retourna lentement vers l'embarcadère où attendaient les pirogues. Les *libres* découvraient ce jour-là, brusquement, la réalité à laquelle ils n'avaient jamais pensé : ils vivaient sur une terre indienne.

J'ai rencontré brièvement Yoni. Au milieu de la foule indienne, je ne l'aurais pas reconnu, mais c'est lui qui est venu me saluer. En quelques mois, il était devenu un vrai homme de la forêt, un Waunana. Il avait perdu sa joliesse un peu efféminée, ses traits s'étaient durcis, il marchait lourdement comme les Indiens, pieds nus sur la terre. Mais c'était surtout sa coiffure qui l'avait changé. Il n'avait plus ce style ondulant de rocker, ni les rouflaquettes soigneusement sculptées. Ses cheveux noircis à la génipa étaient coupés au bol sur ses oreilles, et sa frange bien droite était collée sur son front. S'il ressemblait encore à Roman Nose, c'était plutôt à l'original qui apparaît sur les photos du Bureau des affaires indiennes, l'irréductible chef sioux qui s'était battu contre l'armée américaine. À ses côtés, sa jeune femme était enceinte, et j'ai reconnu Népono, dont il m'avait parlé un jour. « *Piakirua* », c'est tout ce que j'ai trouvé à lui dire, « Tu es jolie ». Mais cela ne l'a pas déridée. Elle m'a regardé de ses yeux indifférents et hostiles, sans doute a-t-elle cru que je lui parlais dans la langue des Toraw. J'ai demandé le nom du bébé à naître, *Pu warrasake kasa trun ?* Elle n'a pas répondu, mais Yoni a dit son nom, Emmanuel, surnommé Manito, j'ai pensé que le pasteur Declan serait content, s'il apprenait un jour que son petit-fils adoptif portait un nom biblique. Yoni parlait maintenant une langue plus rude, un peu saccadée et chantante sur les chutes de phrase, selon l'accent des Emberá. Yoni a parlé du voyage qu'il allait faire de l'autre côté de la frontière, vers Istmina, vers Andagoya abajo, pour acheter du matériel pour sa ferme. Sa femme espérait aller à Raspadura pour faire une offrande à San Ecce Homo, pour l'enfant à naître. Je n'ai pas proposé de les accompagner, mais Yoni a compris que cela me tentait, il a eu un petit sourire : « Toi tu n'y arriverais pas », il a ajouté en anglais : « *This is a tough country !* » Ça aussi c'était une référence au pasteur Declan, ai-je imaginé.

Nous avons fumé une cigarette au soleil, devant les pirogues. Népono s'était déjà installée à la poupe, près du moteur, abritée par un parapluie. La pirogue de Meniota Canzari était surchargée de vivres. Le moteur de horsbord était un Johnson 40 CV, le clan des Canzari était une famille importante, et maintenant Yoni et sa femme en faisaient partie. Au moment du départ, Yoni m'a remis un cadeau, le croc de la mâchoire inférieure du puma que Lino avait tué à la chasse, et qu'il avait donné à son amoureux d'alors. Puis il est monté dans la pirogue sans plus me regarder, il a tiré sur la corde pour lancer le moteur, la pirogue a démarré en ouvrant un large sillage dans l'eau sale du Río Balsas, dans le hurlement du hors-bord. Je l'ai suivie des yeux jusqu'à ce qu'elle atteigne le coude de la rivière et qu'elle soit avalée par les grands arbres. J'ai compris que c'était la dernière fois que je voyais Yoni.

Le silence

Retrouve-t-on ce qui est perdu ? Est-ce que ce qui est perdu est perdu à jamais ? J'ai cessé d'aller sur les fleuves lorsque Nacho Terrible est arrivé dans la forêt, qu'il en a fait la porte d'entrée de la drogue pour toute l'Amérique du Nord. Lui, je ne l'ai jamais rencontré. Peut-être après tout qu'il n'existe pas, qu'il est juste un nom pour cacher l'identité des vrais narcos, un nom pour concentrer la guerre que lui font les États et les armées du monde entier. J'ai croisé la route de ses janissaires, par deux fois. Une première fois sur le Río Tuquesa, une pirogue s'est approchée de celle dans laquelle je me trouvais, un homme a déchargé son pistolet dans notre direction, tout près de la coque, pour nous inciter à rebrousser chemin. La deuxième fois, dans la forêt à la frontière de la Colombie, près du Palo de Las Letras, un groupe de Colombiens armés de fusils automatiques nous ont obligés à renoncer à aller plus loin. Ç'aurait pu être un accident de parcours, des mauvaises rencontres comme on peut en faire partout, même sur le parking d'une grande ville, en France ou aux États-Unis.

Mais rapidement j'ai compris que quelque chose se refermait, comme un rideau qui tombe, et que ceux sur qui tombait ce rideau, c'étaient ceux qui vivaient dans ce pays depuis toujours, ceux qui avaient inventé une société autonome, logique, originale, les Emberá et les Waunana, les peuples indiens. Que s'est-il passé à Manené ? Comment les habitants de la forêt ont-ils pu survivre, eux qui n'avaient comme armes que leurs escopettes à un coup, leurs sarbacanes à flèches empoisonnées et les machettes pour couper les pieds de bananiers ?

Lorsque les narcos ont envahi leurs terres, ils ont dû partir, au hasard, certains se sont réfugiés à El Real, ou dans la ville de Panamá, sans avenir, sans ressources, ils ont peuplé les quartiers misérables à Colón, dans le Marañón.

D'autres ont choisi de partir le plus loin possible, de l'autre côté de la frontière, en Colombie, par Cacalica, ils ont dérivé sur des radeaux de balsa vers l'embouchure du Río Sucio, ils sont allés vers le Río Atrato, jusqu'à Turbo. La forêt où ils avaient vécu pendant des siècles, la forêt magique et solitaire qui leur avait tout donné, est devenue un endroit silencieux. Les narcos ont tué les hommes, ils ont violé les femmes, emmené les enfants en esclavage. Ils ont tué aussi tous les animaux, les cerfs, les agoutis, les tapirs, ils ont tiré à la mitrailleuse sur les vols d'oiseaux, sur les perroquets et les cormorans, ils ont brûlé les plantations de plantain et de cannes, les champs d'ignames, les vergers d'orangers, les plantes à parfum et les plantes médicinales. À certains endroits, la forêt a brûlé pendant des jours, jusqu'au ras du sol, laissant des places grises de cendres, des carcasses de maisons, des tombeaux de poteries.

Ils marchent dans la forêt, pieds nus sur le tapis d'humus. Yoni porte sur le front son sac à bandoulière dans lequel il a mis tous leurs biens, les habits du bébé, les médicaments, les papiers d'identité, et aussi la machine à égrener le maïs et la tasse en aluminium du vieux Meniota Canzari, la seule chose qui reste de lui après sa mort. Les billets de dollars, il les a roulés et cachés dans sa ceinture. Népono a chargé Manito sur son dos, enveloppé dans un linge qui sert de moustiquaire pour la nuit. Ils marchent depuis l'aube jusqu'à midi, en évitant les sentiers qui vont vers la frontière, pour ne pas rencontrer les narcos. Quand le soir vient, ils reprennent leur chemin à travers la forêt, dans la direction des collines. Lorsqu'ils ont quitté Manené, il y a une semaine, les Colombiens étaient arrivés au centre du village, tout le monde pensait qu'ils ne s'arrêteraient pas, qu'ils continueraient vers l'embouchure du Balsas. Mais cette nuit-là, des détonations ont éclaté, des coups secs comme des branches brisées, suivis par les rafales de FM. C'est un bruit que les Indiens ont appris à reconnaître. Dans la maison à l'orée de la forêt, Yoni et Népono ont pris des affaires à la hâte, Yoni a sauté au bas de la maison, Népono, Manito et le chien sont descendus par le tronc entaillé, ils ont commencé à courir jusqu'à ce qu'ils n'entendent plus les bruits des coups de feu et les cris des habitants. Comme le bébé pleurnichait, Népono lui a donné son sein à sucer. Ils se sont enfoncés dans la forêt, et le chien trottinait joyeusement comme s'ils allaient en promenade.

Le silence règne sur la forêt, toutes les rumeurs se sont éteintes, les rires des enfants plongeant dans les *charcos*, les noms criés sur les hautes rives, Tranquiliiii-na, Helicooo-ptero, Chava, Dubuiiibuua, Camion, Braviii-to ! La musique des *pipanos*, les longues flûtes à deux trous pour scander la danse des papillons, la danse du vautour blanc, la danse des kinkajous. Au cœur de la nuit, les femmes qui s'enlacent pour chanter leur chagrin d'amour, la trahison des hommes, ou la mort de leur enfant : *Mu kompanita, akhukobatua-da !* Mon amie, assieds-toi, écoute-moi…

Quelque part dans une clairière, les hommes, les femmes vêtus de blanc, qui frappent avec des bâtons sur une pirogue en bois de balsa, pour demander dans leurs prières à Hewandama, le dieu du ciel, qu'il n'envoie pas un nouveau déluge. Mais le dieu du ciel ne les a pas écoutés, il a laissé s'installer les démons sur la terre.

Dans une maison parée pour la cérémonie, le Haibana, le grand sorcier du Río Tupisa, chante depuis des jours pour une femme en train de mourir d'un cancer, elle est allongée au milieu des plantes odorantes, son corps a été peint au jus de génipa, elle est vêtue de sa plus belle jupe et porte autour du cou ses colliers de pièces d'argent, son ventre est énormément distendu, cela fait une semaine que l'hôpital de Yaviza l'a renvoyée chez elle parce qu'on ne peut plus rien pour elle, mais son visage est apaisé et ses yeux sans angoisse, elle sait qu'elle doit partir et la voix du chanteur l'accompagne dans ce voyage. Plus rien de cela n'existera, ceux qui ont réussi à se réfugier près des villes peuvent camper dans la cour des dispensaires, en attendant que le grand sorcier blanc daigne les recevoir et glisse dans leur main lacérée par le travail des champs une poignée de pilules. Mais leur cœur palpite d'angoisse, parce que les grands sorciers vêtus de blanc dans les dispensaires coupent bras et jambes et leurs médecines volent les âmes.

C'est tout cela que Yoni et Népono ont fui, quand ils se sont enfoncés dans la forêt pour rejoindre le Baudó. Pendant des jours et des nuits ils ont marché, en survivant grâce au maïs pilé enfermé dans des cloisons de bambous, en mangeant les feuilles des arbres, les fruits des sapotiers sauvages, les racines d'agaves. Il n'y avait plus d'animaux. Ils étaient rentrés sous la terre, comme on le raconte dans la légende, par un tunnel, pour y attendre le retour d'un nouveau monde. En plongeant dans les ruisseaux, Yoni a capturé des poissons-chats, des *huacucos* collés au fond de l'eau, ils ont mangé la chair visqueuse sans la cuire de peur que la fumée n'attire les bandits. Le fils de Népono, Manito, tète encore sa mère à l'âge de quatre ans, c'est pour qu'il vive que Népono s'y oblige. Quand ils sont fatigués de marcher à travers les broussailles et les racines des arbres, Yoni prépare un lit à coups de machette, ils se couchent serrés l'un contre l'autre, Manito au milieu, sous un toit de feuilles, ils écoutent la pluie tomber. Le chien se couche à côté d'eux, il tremble parce qu'il a senti sur ses maîtres l'odeur de la peur.

Ensuite la terre s'est terminée, il n'y avait plus qu'une grande nappe d'eau noire, où flottaient des feuilles de nymphéas. Yoni a fabriqué un radeau avec des branches et ils ont dérivé sur les marécages du Río Sucio, en guettant tout ce qui pouvait venir, en écoutant les bruits menaçants qui circulent dans la profondeur. Ici vit la Mère des Eaux, qui emporte les voyageurs, et la Loutre géante qui fait basculer les esquifs. Népono se souvenait de tout ce que les anciens avaient raconté sur leur migration à travers la forêt, il y a très longtemps, mais Yoni sait que rien de ce qui peut venir sur l'eau ou sous les arbres n'égale la terreur causée par les trafiquants qui ont pris possession de ce monde. Maintenant c'est sans doute le temps de trouver l'entrée d'Etrebbema, de descendre sous la terre pour retrouver ceux qui ont disparu, avec les troupeaux de pécaris, les agoutis, les cerfs, les oiseaux, et même Imamma paima, le jaguar noir qui régnait autrefois à la source des fleuves.

La fin du voyage

C'est à Raspadura, dans la grande église du San Ecce Homo, devant le tableau miraculeux, protégé par une vitre. Il figure un homme nu, assis les jambes croisées, son visage tourné de côté, dans une expression de mélancolie que distrait à peine un sourire sur ses lèvres, comme si tout était devenu dérisoire, drolatique même, sans doute empreint d'une incommensurable ineptie, qui annule le drame de la destinée. Face au tableau il y a plusieurs rangées de prie-Dieu en bois et paille, reliés par une rampe vernie. C'est ici que sont venus Népono et Yoni, il y a bientôt trente ans, ils se sont agenouillés mains jointes pour prier devant l'image du dieu vaincu. Qu'ont-ils demandé dans leur prière, pour eux-mêmes et pour l'enfant à naître, avant de retourner vers leur monde sur le point de disparaître ?

L'église est vide et solitaire, si ce n'est la présence d'une vieille femme qui sert de bedeau, assise en retrait sur une chaise, égrenant de vagues patenôtres, sans regarder le Seigneur perdu dans son rêve sans lendemain.

Les chemins de la forêt se sont fermés, interdits par les nouveaux maîtres, défendus par les chiens de garde des narcos, photographiés chaque jour depuis le ciel par les drones et les satellites de la Drug Enforcement Agency de l'armée nord-américaine, devenus les routes royales pour les colporteurs de la mort. Les anciennes clairières des villages au bord des fleuves sont maintenant les *almacenes* où sont entreposés les fardeaux de drogue et de résines, les armes, les outils de fabrication des amphétamines, les réserves d'argent liquide et les barils d'essence pour les moteurs des pirogues rapides.

La forêt est muette, aveugle. Ils sont retournés en Etrebbema, les pécaris magiques à l'origine des humains, et tous les autres animaux de la création, les cerfs, les agoutis, les *dandas*, les tapirs au faciès préhistorique, les tamanduas à deux doigts, les loutres géantes. Les paresseux sont-ils maintenant accrochés aux racines des arbres, eux qui vivaient en plein ciel ? Où sont allées les fourmis qui avaient inventé les fleuves en abattant les fûts des cuipos géants ? Où s'est réfugié le pivert qui avait donné le feu aux hommes ? Où sont-ils, Hinu Poto qui prélevait le sang des menstrues des femmes, le géant Zokerré qui portait des couteaux sur ses avant-bras, et les *siespiem*, les cimarrons qui mangeaient la viande crue et se cachaient dans les collines ? Où sont les grands condors blancs qui jamais ne prenaient pied, et volaient toute leur vie au zénith ?

Avec les humains sont engloutis à jamais les jardins secrets au cœur de la forêt, où les médecins et les guérisseuses allaient chercher leurs plantes, le fruit de la *tahusa* qui soigne les ophtalmies, la *raicilla* qui combat la dysenterie, les écorces amères pour alléger la brûlure des fièvres, la liane *hombre grande* qui est remède aux hommes impuissants.

J'ai refermé mon grand cahier de botaniste amateur où j'avais collé les feuilles récoltées, ou achetées aux sorciers, imprégnées de l'affreux formaldéhyde. La Smithsonian Institution n'aura pas ma collection. Que valent, de toute manière, ces feuilles, ces bouts de tiges et ces morceaux d'écorces puisque les racines ont été coupées ? Comment prêter une âme à ces choses, maintenant que la sève de leurs inventeurs ne coule plus ? À quoi pourraient-elles remédier, sans le secours de Colombia, l'Iwa Tóbari, le buveur de datura du Río Tuqueza, assassiné avec sa femme et ses fils par les envahisseurs armés ? Sa lumière s'est éteinte, et la forêt est devenue aveugle et muette.

À Bogotá, dans le fond d'une *barranca* loin du centre-ville, j'ai vu les survivants du peuple de la forêt. Ils vivent dans le froid et la fumée, sans autre ressource que l'aide alimentaire des Églises et les soins des dispensaires.

Devant les cabanes de planches et de tôle, les vieux sont assis, enveloppés dans des couvertures, ils fument et n'attendent plus rien. Leurs enfants, garçons et filles, vêtus de jeans et de blousons de récup' errent tous les jours dans la ville, certains mendient, d'autres font des petits boulots. Dans les mauvais quartiers les filles maquillées comme des poupées font des passes.

Sur les grandes places où circulent les touristes comme

moi, je repère les enfants de la forêt. S'ils n'avaient pas ces chevelures d'un noir bleu et ces visages couleur de bronze, ils ressembleraient à tous les enfants perdus des zones urbaines. Certains étaient encore des marmots à la mamelle quand leurs parents ont échoué dans les bidonvilles. Ils n'ont rien connu d'autre que le fracas et la violence des grandes villes, les échos des camions qui ouvrent leur échappement en quittant les beaux quartiers, les sirènes, les haut-parleurs, le tumulte volubile des foules.

Parmi eux, peut-être, j'ai croisé Manito, le fils de Népono et de Yoni, vêtu comme son père quand il est entré la première fois dans la forêt, avec ses habits de voyou et sa coiffure de rocker. Il vient chaque jour jusqu'à cette grande place pour regarder les étrangers, au milieu des mendiants, des pickpockets, des avaleurs de feu et des vendeurs de jouets en plastique.

Quelquefois, comme un souvenir du temps passé, il y a un Indien qui tient en laisse une sarigue-rat, ou un grand lama blanc qui mâchonne des feuilles de maïs. Peut-être parfois aussi, Manito entend là-bas, par-dessus les immeubles, les autoroutes, les ponts sur les fleuves et les embarcadères, le souffle hantant de sa forêt natale.

Paris, juin 2022

Œuvres de J. M. G. Le Clézio (suite)

LA FÊTE CHANTÉE

HASARD suivi d'ANGOLI MALA (Folio n° 3460)

GENS DES NUAGES, en collaboration avec Jemia Le Clézio, photographies de Bruno Barbey (Folio n° 3284)

CŒUR BRÛLE ET AUTRES ROMANCES (Folio n° 3667)

RÉVOLUTIONS (Folio n° 4095)

L'AFRICAIN (Folio n° 4250)

OURANIA (Folio n° 4567)

BALLACINER

RITOURNELLE DE LA FAIM (Folio n° 5053)

HISTOIRE DU PIED ET AUTRES FANTAISIES

TEMPÊTE, DEUX NOVELLAS (Folio n° 6380)

ALMA (Folio n° 6993)

QUINZE CAUSERIES EN CHINE. Aventure poétique et échanges littéraires

CHANSON BRETONNE suivi de L'ENFANT ET LA GUERRE

Aux Éditions Skira

HAÏ

Aux Éditions Arléa

AILLEURS. Entretiens avec Jean-Louis Ezine sur France Culture

Aux Éditions du Seuil

RAGA, APPROCHE DU CONTINENT INVISIBLE

Aux Éditions Stock

BITNA, SOUS LE SOLEIL DE SÉOUL

Aux Éditions Philippe Rey

LE FLOT DE LA POÉSIE CONTINUERA DE COULER, en collaboration avec Dong Qiang (Folio n° 7136)

Composition : Nord Compo
Achevé d'imprimer
par CPI Firmin-Didot
à Mesnil-sur-l'Estrée, en janvier 2023
Dépôt légal : janvier 2023
Numéro d'imprimeur : 173525

ISBN : 978-2-07-300890-9/Imprimé en France

555240